マドンナメイト+

妻の妹 下着の罠

妻の妹　下着の罠

第一章　喪服の妻

1

休日の午後、元上司の葬儀に出席した妻が帰ってきた。

「ただいま」

「お帰り」

３ＬＤＫの自宅マンション。リビングのソファーでくつろいでいた小野弘志は、洋装の喪服姿の彼女に胸を高鳴らせた。

結婚して一年が過ぎ、妻の麗子はもう三十歳だ。新婚時代のようなときめきは、さすがに薄らいでいる。

にもかかわらず、弘志がついまじまじと見つめてしまったのは、再会した日のことを思い出したからである。

「え、どうしたの？」

熱い視線に気づいたか、麗子が戸惑いを浮かべる。弘志は「ああ、いや」とかぶりを振ったものの、胸に湧きあがるものを抑えきれなかった。そのため、

「君と会った日のことを思い出してさ」

と、正直に告げる。

「会った日？」

彼女はきょとんとして、記憶を手繰るような面差しを見せた。それから、

「ああ、そっちのほうね」

と、頬を緩めてうなずく。年齢相応に大人びた美貌も、笑顔は少女のようにあどけない。

「入学式のことかと思っちゃった」

麗子が勘違いをしたのも無理はない。弘志は高校教師であり、彼女は教え子だったのだから。

今はこうして夫婦になったが、麗子が高校生のときは、単なる教師と生徒の関

係であった。卒業学年時に担任こそ務めたものの、特に目を掛けていたわけではない。彼女は成績も可もなく不可もなくという感じで、決して目立つタイプではなかった。

だからこそ、二年前の春に再会したとき、すっかり見違えたのである。

再会の場は斎場だった。弘志は親戚の法事に出席していた。同じ日に、別の家族のこぢんまりとした葬儀もあった。

そこにいたのが、教え子の芝木（しばき）麗子だ。父親を亡くしたのである。病巣が見つかったときにはすでに手遅れで、一カ月も入院せずに逝ったという。

十年前、高校卒業後に母親も事故死していたため、芝木家に残されたのはふたりの姉妹。妹の真沙美（まさみ）は九つ下で、大学生になったばかりだった。

両親を失い、姉妹のショックはかなりのものだったはず。それでも、麗子は二十八歳の若さで、気丈に喪主を務めていた。

そんなときに元担任と顔を合わせ、相談したい気持ちが芽生えたのは、ごく自然なことであったろう。弘志が声をかけると、彼女が安堵の面持ちで涙ぐんだのは、他に頼れる者がいなかったためもあったようだ。

その日はどちらもバタバタしていたので、連絡先を交換しただけで終わった。後日、改めて会う約束をして。

三日後、弘志は芝木家を訪れ、遺された姉妹と対面した。

もともと麗子たちは、家族四人で一戸建てに住んでいたそうだ。母親の早世後にそれを売り、当時は2LDKの賃貸マンション住まいだった。

これからは姉妹ふたりの生活になる。もっと安いアパートにでも移ろうと、彼女たちは話し合って決めていた。一家の大黒柱を失い、少しでも倹約したほうがいいと考えたのだ。

ただ、麗子は会社勤めをしていたし、父親の生命保険も入るとのこと。当面の暮らしには困らないようだ。

妹の真沙美は、せっかく入った大学を辞めると言った。学費などで、姉に負担をかけたくなかったらしい。

そんな彼女を、弘志は麗子と一緒に説得した。これからのためにも、大学を卒業しておいたほうがいいと。麗子は短大を出たが、本音はもっと勉強したかったようで、せっかくのチャンスを無にしないでと訴えた。

幸いにも、真沙美は考え直してくれた。姉妹ふたり、協力して頑張っていこうと前向きにもなれたようだ。

以来、弘志はたびたび麗子と会い、相談にのった。

彼女とはちょうど十歳違いである。年の差があり、元は担任と生徒だ。弘志は保護者代わりのつもりでいたし、麗子のほうも彼を先生と呼んだ。

しかしながら、過去の関係も年齢も、互いを異性と意識すれば意味を為さない。

いつからそうなったのか、今となってはよく思い出せない。おそらくは弘志のほうが先に、麗子を教え子ではなく、ひとりの女として見るようになったのではなかったか。

当時、彼は三十八歳にして独身だったものの、実はバツイチであった。教師になって間もなく、同じ学年部で年上の同僚と深い関係になり、その後結婚したのである。

彼女と結ばれるまで、弘志は童貞であった。

最初にセックスをしたのは、学年部の飲み会の日だった。酔っていたこともあって、弘志は彼女に訊ねられるまま、女性と親密な交際をした経験がないと告白した。そのあと、飲み直そうと誘われて他の面々と離れ、気がつくとラブホテルの中だった。

かくして、無事に初体験を遂げたものの、それでおしまいとはならなかった。おそらく彼女は、新任の後輩が未経験と知り、気の毒に思ってからだを与えてくれたのだろう。あるいは、童貞に女を教えたい気分になり、筆下ろしを買って出たのか。

どちらにせよ、男として魅力を感じ、関係を持ったわけではない。そのぐらいは、恋人のいなかった弘志にも理解できた。

だからこそ、浅ましく何度も求めたのである。覚えたての少年が、慎みもなく欲望を貪るみたいに。

恋愛感情がなかったからこそ、そんなことが可能だったのだ。彼女のほうも、自分が誘惑してセックスをさせた手前、拒みづらかったと思われる。

とは言え、ただ快楽に溺れるだけの間柄だったわけではない。仕事では先輩であり、有益なアドバイスをもらった。仕事のあとや休日は、普通のデートみたいに食事をしたりお酒を飲んだりして、プライベートの悩みも打ち明けた。

彼女はずっと、年上の男とばかり付き合ってきたという。年下と深い関係になったのは弘志が初めてで、女を教えたあとも要求に応えたのは、新鮮な感動を抱いたためもあったらしい。

そうやって、単なる同僚や友達以上の交際を続けるうちに、彼女にも情愛が芽生えたようだ。ちゃんとお付き合いをしましょうと言われ、弘志も同意した。恋人同士となり、程なくして関係が周囲にも知られることになる。

初めて肉体を繋げてから二年後、ふたりは結婚した。ローンを組み、３ＬＤＫのマンションも購入した。

最初は、夫婦仲はしごく円満だったのである。その後、妻が別の学校に異動し、職場こそ離れたものの、同じ仕事だから理解し合ってうまくやっていた。

ところが、それぞれが忙しくなってすれ違いが多くなると、夫婦間のミゾが深まる。家事の分担を巡り、何度か言い合いになった。年下だから頼りないと面と向かって侮蔑され、弘志が傷ついたこともあった。

そんなとき、妻と同じ学校に勤める大学時代の友人から情報が入った。彼女が妻子のある同僚と不倫をしているようだと。

喧嘩をする頻度こそ増えていても、さすがに夫を裏切る真似はしまい。弘志は妻を信じようとした。信じたかったのだ。

なのに、あろうことか不倫相手の妻から、弘志のところに電話があった。主人とお宅の奥さんが親しい関係にあると。

驚いて問い詰めると、妻はあっさりと認めた。やっぱり年上の男がいいと、開き直った台詞(せりふ)を口にして。

ふたりは離婚した。ローンの半額を彼女が支払い、住んでいたマンションは弘志のものとなった。それが三十歳になる前年の出来事だ。

元妻が不倫相手とどうなったのか、弘志は知らない。知りたくもなかった。

彼女の荷物が運び出された後の自宅は、やけにだだっ広く感じられた。そのため、ひとりになった当初は、寂しさを募らせたものだ。

弘志は仕事にのめり込むことで、離婚の痛みを忘れようとした。多くの勉強会に参加して研鑽を積み、生徒の悩みや進路相談にも、親身になって耳を傾けた。おかげで、教師としての信頼度が高まった。

結果として、周囲に評価されるようになったわけであり、結婚の失敗は文字通りいい勉強になったと言えよう。

麗子と再会し、不安を抱えていた彼女に寄り添えられたのも、教師としてひと回り以上も成長したあとだったからだ。担任したのは離婚する一年前で、夫婦関係がうまくいかず荒んだ時期だったから、決していい先生ではなかったはず。その罪滅ぼしの意味もあった。

交流を持つ中で離婚したことを打ち明けると、麗子は驚いた。訊ねられるままに経緯も話したから、彼女も元担任に憐憫を抱いたのではないか。

そんなこともあって気持ちが接近し、教え子に親密な感情を募らせる。麗子も憎からず思ってくれたようで、その日、弘志が抱きしめて唇を奪っても逃げなかった。それどころか、そうなるのを待ちわびていたかのように、背中に腕を回してしがみついてきた。

同日、弘志のマンションで、ふたりは初めて結ばれた。

麗子は処女だった。妹の母親代わりを務めてきたためもあって、異性と交際する気持ちの余裕がなかったのだ。

それでも、怒張した牡器官を目にしても怯まなかったし、年齢相応に性的な知識はあったようだ。破瓜の痛みにも耐え、弱音を吐かずに受け入れてくれた。

健気さにも胸打たれ、終わったあと、弘志は結婚しようと告げた。純潔を奪った責任を取るなんて義務感からではない。彼女を手放したくなかったのだ。ここで一緒に住もうとも提案した。

麗子は返事を保留した。結婚そのものにためらいはないようだったが、彼女は妹を気にかけていた。真沙美が大学を卒業するまで待ってほしいと言われ、弘志も納得したのである。

しかし、姉が女になったことを、大学生の妹は敏感に察したようである。すでに恋人関係にあったことも見抜いており、弘志とどこまで進んだのかを訊ね、プロポーズされたと知るなり、すぐに結婚しなさいと麗子をけしかけた。

『あたしが卒業するまで待ってたら、お姉ちゃん、三十歳を過ぎちゃうのよ。その年になってバツイチの恩師と結婚したなんて、いかにも相手が見つからなくて妥協したみたいだし、みっともないじゃない』

真沙美の辛辣な発言を、弘志は麗子から教えられたわけではない。言った本人に、あとで打ち明けられたのである。

ともあれ、妹に賛成してもらえたことで、麗子も躊躇する気持ちがなくなったらしい。結婚に対して前向きになり、あとはとんとん拍子に話が進む。身内だけの簡素なものであったが、それぞれ三十九歳と二十九歳で式を挙げた。

結婚後、前妻と購入したマンションに、弘志は新妻と義妹を迎え入れた。

当初、真沙美は同居せず、アパート暮らしをすると主張したのである。ところが、だったら結婚しないと麗子が言ったために諦めた。家賃など、姉夫婦に負担をかけるわけにはいかないと考え直したようだ。

真沙美はアルバイトを掛け持ちして、自分のお小遣いはもちろん、学費のぶんも稼ごうと頑張っている。ただ、そのせいで大学の勉強に差し障りがあってはいけない。お金の心配はしなくていいと、弘志は伝えたのである。

『お義兄(にい)さんたちのお金は、子供ができたときのために貯めておいてちょうだい』

真沙美は言った。若くても先のことまで考えているのは、母親を早くに亡くして寂しい思いをし、苦労もあったからだろう。

三人での生活はうまくいっている。ただ、弘志と麗子は定時の仕事でも、真沙美が毎日のようにアルバイトをしているため、三人が揃う時間は多くなかった。

その日、麗子が葬儀から帰宅したときも、家には弘志しかいなかった。

2

「ちょっとおいで」

弘志が手招きすると、麗子が戸惑いを浮かべた。

「待ってて。すぐに着替えるから」

「いいから、そのまま来て」

夫の目が輝いているのに、彼女も気がついたのではないか。察するものもあったようで、戸惑いながらソファーの隣に腰掛けた。

「なに？」

ちょっと不安げに小首をかしげる。

「いや……すごく綺麗だなと思って」

ストレートな感想に、ふっくらした頰が赤らむ。結婚前は気苦労のためか、かなり痩せていたのだが、生活が安定したおかげもあって、今はずっと女らしい体型になっていた。

そのせいもあって、喪服姿がやけに色っぽく感じられたのか。

膝下丈のワンピースに、七分袖のジャケットを羽織ったフォーマルな装い。ストッキングももちろん黒で、髪も染めていないから、白い肌と真珠のネックレスがなまめかしく映える。

「おだてたって、何も出ないわよ」

眉をひそめた妻が睨んでくる。本当は綺麗だと褒められて嬉しいのに、照れ隠しなのだ。

「おだててるわけじゃない。事実だよ」

真っ直ぐに目を見て告げると、うろたえたように視線をはずす。そんな反応も愛らしくて、弘志は我慢できずに彼女を抱き寄せた。

「あん」

わずかな抵抗に、かえってそそられる。薄く紅の塗られた唇も蠱惑的で、くちづけをせずにいられなかった。

「ん――」

唇を塞がれるなり、三十路の女体が強ばる。それは一瞬のことで、たちまち全身から力が抜けた。あとは縋るように身を任せてくる。

新婚当初ほどではなくても、夜の営みは定期的に行っていた。しかしながら、義妹と同居しているため、慎重にする必要があった。

真沙美はアルバイトがあると、帰宅は夜の十時を過ぎる。それから遅い夕食を摂り、入浴して就寝となるため、寝つくのはどうしても零時を過ぎる。

一方、休日の前夜を除けば、弘志も麗子も勤めがあるため、夜更かしはできない。真沙美が起きているときにすると気づかれる恐れがあり、眠るのを待つしかない。そうすると、翌日は寝不足となる。

よって、義妹がバイトから帰宅する前に、慌ただしく交わるのが常であった。そのあとで入浴すれば、痕跡も残らない。難点は、時間をかけて愉しめないことであった。

休日である今日も、真沙美はアルバイトで遅くに帰宅するはずだ。外はまだ明るいから、久しぶりにじっくりと妻のからだを味わえる。

おまけに、喪服姿に昂奮して、弘志は早くもペニスを怒張させていた。

くちづけをしながら、麗子の手を股間に導く。ズボン越しに握らせると、彼女の背すじがビクッと震えた。

「え、もう?」

唇をはずし、目を丸くする。ただ勃起しているだけではなく、かなりの猛々しさなのが、布越しにもわかったようだ。

「君の喪服姿が色っぽいから、こんなになっちゃったんだよ」

「バカ……」

恩師でもある夫をなじりつつ、彼女は白魚の指でファスナーを下ろした。ズボンの前を開き、ブリーフのテントをめくり下げ、肉色の器官を摑み出す。

「こんなにしちゃって」

逞しくエラを張り、武骨な様相を際立たせる牡の剛棒に、麗子が濡れた目を向ける。見た目の禍々しさとは裏腹に、うっとりする快さを与えてくれることを、成熟した女体は知っているのだ。

そのため、ためらうことなく筋張った胴に指を回す。

「むう」

弘志は呻き、膝をカクカクと震わせた。蒸れた匂いをたち昇らせるその部分がベタついているのを、握られた感触から悟る。

それでも、三十路妻は少しも嫌悪を示さず、ゆるゆるとしごいた。

「すごい……いつもより硬いみたい」

半開きの唇から、ほうと熱っぽい吐息をこぼす。早くも迎え入れたそうに、ソファーの上で物欲しげにヒップをもじつかせた。

(ひょっとして、もう濡れてるんだろうか……)

愛液がこぼれ、下着の中は熱く蒸れているのかもしれない。今日は小春日和でわりあいに気温が高かったし、抱きしめた妻のからだも、甘酸っぱい香りを漂わせていた。

ならば、是非とも確かめたいことがある。

弘志は麗子を押し倒そうとした。ところが、それよりも一瞬早く、彼女が身を伏せる。手にした屹立の真上に。

「おい、ちょっと」

声をかけても反応はなく、ふくらんだ亀頭にキスをされる。

「むふっ」

弘志は鼻息の固まりをこぼし、のけ反った。くすぐったいような悦びが、背すじを駆けのぼったのだ。

ペニスが雄々しく脈打ったことで、麗子も夫が感じているとわかったはず。それで気をよくしたのか、張りつめた粘膜をペロペロと舐め回した。

(うう、そんな……)

弘志は総身を震わせたものの、妻の口戯で与えられる快さに、完全には集中できなかった。休日で外出もしておらず、それほど汚れていないとは言え、洗っていない性器をしゃぶられることに抵抗があったのだ。

もっとも、おかげでこちらも、したいようにできるわけである。

強ばりが徐々に呑み込まれる。肉棹の半ばまでが温かく濡れた中に入り込み、舌をねっとりと絡みつかされた。

「気持ちいいよ」

そこまでしてもらったら、ためらいも消え失せる。弘志が褒めると、麗子は咎めるように穂先をチュウと吸いたてた。大胆なことをしている自覚があるから照れくさいのだ。

（だけど、本当にうまくなったよな）

弘志に奪われるまで処女だったのであり、当然ながらフェラチオの経験もなかった。ただ、知識はあったようで、求められたわけでもないのに、あるとき自分からペニスに口をつけたのである。

もちろん、テクニックなどあるわけがない。口に入れて舐め回すだけという、稚拙な愛撫であった。

それでも、感じさせたい気持ちが舌づかいから伝わってきた。献身的な施しに感激したためもあって、弘志は危うく口内にほとばしらせそうになったのだ。

以来、麗子は積極的に、お口での奉仕を買って出た。最初は拙かったおしゃぶりがめきめき上達したのは、夫への情愛があってこそだろう。生理中で交わりができないときには、発射したものをそのまま受け止め、ためらいもなく飲み干してくれた。

そこまでしても、彼女はクンニリングスをなかなか受け入れなかった。性器を見られることも恥ずかしがったし、初めてその部分を目で確かめられたのは、肉体関係を持ってだいぶ経ってからだ。口をつけるのも、さんざんなだめすかして、ようやく許してもらえたのである。

もちろんそれは、しっかりと清めたあとだ。セックスの前に、麗子は必ずシャワーを使った。

最初の妻はそのあたり無頓着で、舐めるのも舐められるのも好きだったし、洗ってなくても気にしなかった。そのため、弘志は女体の生々しい匂いを堪能し、昂奮させられもしたのである。

麗子の正直な秘臭を嗅ぐなんて、一生ないかもしれない。そう思っていたが、今日はまたとないチャンスだ。彼女がこちらの匂いと味を知った以上、同じことを求めてもいいはず。

よって、こんなところで果てるわけにはいかない。

「もういいよ」

肩をポンポンと叩くと、舌の動きが止まる。少し迷う素振りを示してから、麗子がそろそろと顔を上げた。もっと歓ばせたかったのかもしれない。

「ありがとう。すごく気持ちよかった」

礼を述べると、恥じらって目を伏せる。大胆な行動のあとの淑やかさに、弘志は大いにときめいた。

唇を重ねようとすると、妻がわずかに抗う。フェラチオのあとでキスをすることに、罪悪感があったらしい。

自分のモノをしゃぶったからといって、弘志はくちづけに抵抗を覚えるようなひとでなしではない。何より、愛しくてたまらなかったから、半ば強引に唇を奪った。

「ンふ」

麗子は諦めたふうに吐息をこぼし、舌も受け入れた。ねちっこく絡ませ合うあいだに、ためらいも消え失せたようだ。

唇をはずすと、蕩けた面差しが殊のほか色っぽい。すっかりその気というふうで、早く逞しいモノを受け入れたがっているのがわかった。

しかし、まだそのときではない。

シワにならないほうがいいかと、喪服のジャケットだけを脱がせる。下に着ているワンピースは、布がひらひらして柔らかだから、このまま行為に及んでも差し支えあるまい。

ソファーに押し倒しても、彼女は抵抗しなかった。このままセックスするつもりでいるのだろう。

ワンピースの裾を大きくめくり上げると、黒いパンストに包まれた下半身があらわになる。女らしく色づいて、むっちりした肉感にもそそられた。

「やん」

麗子が顔を背ける。頬が赤い。すでに何度も交わっているのに、未だに羞恥心を失わないからこそ、いつまでも新鮮な気持ちで抱き合うことができるのだ。

パンストの内側に穿いているのは、白い清楚な下着である。こうして薄地に透けるほうが、いやらしく感じられるのはなぜだろう。

そんなことを考えたとき、なまめかしい匂いが鼻腔に忍び入ってきた。蒸れた牝の股間が放つ、濃密なフェロモンだ。

葬儀に参列して汗をかいたであろうし、今またくちづけやフェラチオで昂り、淫靡な蜜を滲ませているはず。

それを目で確かめる前に、弘志はパンストの股間に顔を伏せた。正直な淫臭を、一刻も早く堪能したかったのだ。

「え、ちょっと」

麗子が戸惑った声を発する。だが、弘志が甘えるように鼻を鳴らしたので、ただの戯れだと思ってくれたようだ。

「ダメよ。くさいんだから」

と、おいたをする子供を咎めるみたいに、優しい声音で諭すのみ。こちらの意図は気づかれていない。

それをいいことに、鼻面で敏感な部位をぐにぐにと圧迫した。

「あ——ああっ」

歓喜の反応が耳に届く。ソファーの上で、麗子はヒップをはずませた。

「あん、ダメぇ」

甘えた声を洩らし、息をはずませる妻に情愛を募らせつつ、弘志は羞恥帯にこもるものを深々と吸い込んだ。

熟成された汗と、乳製品を想起させる悩ましい香りの複合体。わずかに尿の成分も感じられた。

どこか動物的なパフュームも、愛しいひとの飾らない部分を暴いた昂りとも相まって、実に好ましい限りである。もっと嗅ぎたくて、いっそう強く鼻頭をめり込ませる。ほんのり湿ったところに。

「もう、やだぁ」

恥ずかしい秘密を知られたことにまだ気がついていないようで、麗子が切なげになじる。敏感なところを刺激され、感じているのだ。

そして、いよいよ欲しくなってきたようである。

「ね、ねえ……もう」

頭をもたげ、濡れた目をこちらに向ける。早く逞しいモノで貫いてと、色めいた眼差しが訴えていた。

弘志は無言でうなずき、パンストのウエスト部分に指を掛けた。ずりずりと引き下ろし、途中でパンティも道連れにする。

麗子はおしりを上げて協力した。秘苑をあらわにされるのは恥ずかしくても、快楽への欲求には勝てなかったらしい。

それでも、下穿きを左足からはずし、膝を大きく開かせると、顔を両手で隠して「ああん」と嘆いた。

右膝に絡まったパンティは、クロッチの裏地に透明な粘液がべっとりと付着していた。やはり濡れていたのだ。

濃いめの秘毛が逆立つ中心部分に目を向ければ、叢の中にあやしいきらめきが見て取れる。そこからたち昇ってくるのは、酸味を増した淫靡な香りだ。

(うう、たまらない)

彼女は陰毛の手入れなどしないようで、いかにも伸び放題というふう。その見た目も、秘臭を荒々しいものに感じさせるのだろうか。

麗子は両手で顔を隠したままだ。羞恥にまみれつつ、挿入を期待しているのが窺える。

弘志とて、ペニスはギンギンだった。四十男とは思えない硬度を保って反り返り、下腹と亀頭のあいだに粘っこい糸を繋げているのがわかる。ここまで猛々しくなったのは久しぶりだ。

それでも、まだ繋がるわけにはいかない。

彼女が目を塞いでいるのを幸いと、弘志はあらわに晒された女陰に顔を伏せた。花の蜜に惹かれる蝶のごとく、淫華に口を寄せる。

ピクッ——。

軽くキスしただけで、剝き身の下半身がわななく。指でさわられたと思ったのか、べつに咎められなかった。

だが、舐めたらさすがに気づくかもしれない。ならばと、フード状の包皮を指でめくる。

「ううン」

麗子が呻き、秘芯をキュッとすぼめた。

クリトリスがあらわになる。桃色の肉芽は小さめで、裾のところに白いカスがわずかにあった。

（ゆうべ、風呂に入ったんだよな）

その部分もちゃんと洗ったはずである。なのに、もうこんなものが付着しているなんて。匂いも濃厚で、愛液もたっぷりこぼれていたし、案外新陳代謝が活発なのだろうか。

初めて目の当たりにした、愛しい妻の秘密。チーズっぽい刺激臭が悩ましい。恥垢を暴かれたばかりか、あられもない匂いまで嗅がれたと知ったら、恥ずかしさのあまりどうかなってしまうのではないか。

「え、何してるの？」

不意に聞こえた声にドキッとする。秘部に顔を寄せて観察しているのを気づかれたのだ。もしかしたら、知らずに荒くなった鼻息が、敏感なところに吹きかかったのか。

もはや躊躇している暇はない。弘志はかぐわしい湿地帯に顔を埋め、窪地を挟るように舐めた。

「キャッ、ダメっ！」

麗子が悲鳴を上げ、腰をよじって逃げようとする。けれど、ソファーの上ではあまり動けなかったようだ。ジタバタともがき、内腿で夫の頭を強く挟み込む。

もちろん、その程度の抵抗で引き下がりはしない。

「ね、ね、ダメよぉ……そこ、汚れてるからぁ」

泣きべそ声で非難されても、弘志は女芯ねぶりを続けた。秘核を狙って舌を律動させれば、成熟した下半身がビクッ、ビクッと痙攣する。

「イヤイヤ、あ——くううう」

いくら抗（あらが）っても、快感は打ち消せないらしい。喜悦の呻きがこぼれ、ふっくらと盛りあがった下腹がせわしなく波打った。

なかなかクンニリングスをさせなかったものの、麗子はけっこう感じやすい。舐められると切なげに身悶え、少しもじっとしていなかった。

そのくせ、懸命に声を圧（お）し殺すのがいじらしい。あるいは、結婚前にオナニーが習慣になっていたことを、夫に勘繰られるのを恐れているのか。頻繁にいじっていたために性感が発達したと。

男女交際を経験せず、三十近くまで処女を守ってきたのだ。満たされないままに自らをまさぐっても不思議ではない。

今も悦びと闘っているのが、手に取るようにわかる。「うっ、うっ」と苦しげな声を洩らし、息づかいも抑え込んでいるようだ。

(セックスのときは、感じても我慢しないのに)

派手によがるわけではないが、『気持ちいい』とか『感じる』とか、得ている感覚を隠さず言葉にしていた。

おそらく、ふたりで快感を共有しているから声に出せるのだろう。一方的に愛撫されるのは居たたまれなくて、心から悦びにひたれないのかもしれない。まして、洗っていない性器に口をつけられているとあっては。

そうとわかりながらも、弘志は執拗に敏感なポイントを攻めた。妻にはしたない声をあげさせたくて。すすり泣き交じりの呻き声に、多少は可哀想かなと思いつつ、遠慮なく互いを求められる関係になりたかった。元は教師と生徒でも、今は夫婦なのだから。

ねぶられ続けたことで、麗子のほうも秘部の匂いや汚れが気にならなくなったらしい。諦めたふうに、頭を強く挟んでいた太腿の力を緩める。それでも、完全に受け入れられたわけではないようで、

「うう……バカぁ」

と、掠れ声でなじった。

（おいおい、元担任にバカとはなんだ）

胸の内で言い返したものの、本当に怒ったわけではない。思ったことを口に出せるのは、いい傾向だ。

おかげで、こちらも遠慮なく責め苛むことができる。

ふくらんで硬くなった秘核を唇で挟み、舌先でチロチロとはじく。ポイントを直に刺激され、鋭い嬌声がほとばしった。

「あひぃいいいっ」

下半身のみを晒した煽情的な格好で、麗子が腰をくねくねさせる。それに必死で食らいつき、弘志は敏感な尖りを吸いねぶった。

「ああ、あ、ダメぇええ」

彼女はいよいよ声を抑えられなくなった。身悶えて、呼吸をハッハッと荒ぶら

せる。

「ね、ねえ——くうう、も、もう舐めなくていいから……して」

直接的な言葉こそ口にせずとも、麗子が自ら挿入を求めたものだから、弘志は驚いた。抱き合っているとき、それとなく態度で促されることはあっても、ここまで切なげなおねだりをされたのは初めてだ。

すぐにでもペニスを挿れられたいのは、本心なのだろう。もっとも、肉体が欲してというより、頂上に至りそうだからではないのか。

(イクところを見せたくないのかも)

昇りつめないよう、必死で堪えているかに映る。

セックスでも、彼女は絶頂に至ったことがない。かなりのところまで高まり、それっぽい反応を示したことはあっても、はっきりそうだと口にしたことはなかった。

弘志と結ばれるまで処女だったのである。それなりに回数をこなしてきたとは言え、膣感覚がそこまで発達していないのだろう。

だが、推察したとおりに自慰をしていたのなら、オルガスムスそのものの経験はあるはず。ならば、クンニリングスでもイケるに違いない。

「お願い……入れて」

さらにストレートなことを言われ、勃ちっぱなしの肉棒がビクンとしゃくり上げる。瞬時に交わりたくなったものの、己の欲望を包み隠して舌を律動させた。

「ああ、あ、あ、ダメぇえええッ！」

感情を解き放った悲鳴がほとばしる。三十歳の成熟したボディが、ガクンガクンとエンストしたみたいに跳ねた。

続いて、

「う――あ、ううう」

呻きをこぼし、全身を強ばらせる。再び内腿で弘志の頭を強く挟み、からだのあちこちをピクピクと痙攣させた。

（……イッたんだ）

言わずとも、反応でわかる。最初の妻も、絶頂のときはこうだったのだ。もっとも、彼女は『イクイク』と、はっきり声に出していたが。

麗子が脱力し、両脚を投げ出す。胸を大きく上下させ、深い呼吸を繰り返した。

歓喜の余韻にひたる愛妻に、情欲が沸き立つ。瞼を閉じ、恍惚の色を見せる面差しが、殊のほか艶っぽい。

股間のイチモツが、早く気持ちのいいところへ入りたいと駄々をこねる。弘志はズボンとブリーフを完全に脱いでしまうと、しどけなく横たわる女体に身を重ねた。

3

「……え？」

麗子が瞼を開く。目の前の夫を見つめる瞳はトロンとして、焦点が合っていなさそうだ。

けれど、何があったのか、間もなく思い出したらしい。彼女はうろたえて視線をさまよわせた。

「――ば、バカっ」

涙ぐんでなじり、脇腹をつねってくる。弘志は思わず「イテッ」と声を上げた。

「あんなにお願いしたのに、どうしてやめてくれなかったの？」

責められて、罪悪感を覚える。羞恥の度合いが面差しに現れており、さすがにやりすぎたかと後悔した。

だが、欲望に駆られての暴走だなんて思われたくない。

「君が好きだから、感じさせてあげたかったんだよ」

照れくささを隠して、心情を真っ直ぐ伝える。すると、ふっくらした頬が朱に染まった。

「もう……ずるいわ」

クスンと鼻をすすり、甘えるようにしがみついてくる。愛しさに胸を高鳴らせつつ、弘志は甘酸っぱい匂いをさせる耳元に口を寄せ、そっと訊ねた。

「ひょっとして、今、イッたの？」

その瞬間、成熟した肢体が強ばる。さすがに答えないかと思えば、

「……うん」

掠れ声で認めたものだから驚いた。

「じゃあ、おれ、君を初めてイカせたってことか」

これにも、「そういうわけじゃないけど」と、以前にもあったと認める。つまり、セックスのときも頂上に至っていたのだ。

（悟られないようにしてたんだな）

夫にバレないよう、密かに昇りつめていたのである。

「だったら、隠さなくてもよかったのに。夫婦なんだから」

「隠してたわけじゃないわ」

麗子はそう答えたあとに、「だって……恥ずかしいから」とつぶやいた。元は教師と生徒。対等の言葉遣いで話すまで打ち解けた今も、恥じらいを忘れない妻に情愛が募る。

「ひょっとして、自分でしたこともあるの？」

より露骨な質問をぶつけると、彼女は無言で眉をひそめ、また脇腹をつねった。否定しないから、おそらく経験があるのだ。

「いいから、早くして」

誤魔化すように挿入を求め、ふたりのあいだに手を差し入れる。猛々しく脈打つものを握り、「あん、すごい」と眼差しを蕩けさせた。

「ねえ、いつもより硬くない？」

やるせなさげな問いかけに、弘志は「そりゃそうだよ」と返答した。

「君がイクところに昂奮したからさ」

「バカ」

たしなめるように強ばりを強く握り、麗子が両脚を掲げる。自らの中心にそれを導き、切っ先を濡れ園にこすりつけた。

「ん……」

悩ましげに眉根を寄せたのは、粘膜同士の接触で感じたためであろう。

「すごく濡れてるね」

ヌルヌルとすべる感触から、そうだとわかる。すると、彼女が睨んできた。

「あなたが舐めたからでしょ」

唾液にここまでの粘り気はない。そのことを指摘しようとしてやめたのは、一刻も早くひとつになりたかったからだ。余計なことを言って、だったらしないとヘソを曲げられても困る。

もっとも、麗子のほうも、したくてたまらなくなっていたようだ。

「ね、来て」

穂先を入り口にあてがい、筒肉の指をはずす。濡れた目で見つめられ、弘志は反射的に動いた。心地よい柔穴へと身を投じる。

ぬるん——。

絶頂の蜜を溜め込んでいたところに、ペニスが抵抗なく呑み込まれた。

「くぅーン」

麗子がのけ反り、仔犬みたいに啼く。すんなりと受け入れた女窟が、まといつくようにキュッとすぼまった。

「おお」

弘志も呻いて、剝き身の尻を震わせた。

「あん……いっぱい」

やるせなさげなつぶやきを洩らし、身をしなやかにくねらせる愛しい妻。

狭いソファーの上で、弘志は気ぜわしく分身を抜き挿しした。そうせずにいられなかったのだ。

「あ、あ、あ」

麗子が短く喘ぐ。表情が歓喜に染まり、いっそう色っぽい。

おかげで、激しく責め苛みたくなる。

彼女の両脚を肩に担ぎ、からだを折り畳む。ほぼ真上から腰を叩きつけ、女芯を深く抉ると、

「ああっ、ああっ」

よがり声がリビングに反響した。

(すごく感じてるみたいだ)

いつもより反応が顕著である。クンニリングスで絶頂に導かれ、感じやすくなっているのだろうか。

真沙美が不在のときでよかったと、弘志は心から安堵した。もちろん、いないからこそ始めたのであるが、もしも隣の部屋にいたとすれば、即座にバレていただろう。

麗子のほうも、妹がいないから遠慮なく声を出しているのだ。だが、これまでより明らかに性感が研ぎ澄まされている。真沙美が寝ているときにこっそり交わろうにも、もう絶対に無理だと思われた。

今はアルバイトに精を出している義妹だが、就活や卒論で忙しくなったら、そうもいくまい。帰宅も早めになり、家で勉強する時間も増えるだろう。

そうなると、今日のように休日を利用するのも難しくなる。

真沙美が大学を卒業し、就職してこの家を出るまで、夫婦の営みを持つ機会が減りそうだ。そんなふうに考えたものだから、だったら今のうちにという心境になったのか。

「中がすごく熱くって、気持ちいいよ」

称賛を口にして、分身を深く抉り込む。

「い、言わないで……あああっ」

恥ずかしがりながらも快感には抗えず、麗子は全身を波打たせて乱れた。

「うあ、あ、くうう、い、いいのぉ」

彼女の額に汗がきらめく。喪服のワンピースをまとったままなのに加え、与えられる悦びで全身が火照っているようだ。衣服越しにも、体温の上昇と湿りが伝わってくる。

それでも脱ぎたいと言わないのは、日常を営むリビングで肌を晒すことに抵抗があるからか。それとも、インターバルを取りたくないぐらい、セックスに夢中なのか。

どちらにせよ、弘志自身も腰の動きを止められないまでに、快楽希求にのめり込んでいた。

（ああ、よすぎる）

筒肉に絡む媚肉はねっとりして、吸いつくような感触だ。しかも、退くときにくびれの段差が柔ヒダを掘り起こし、ぷちぷちとはじくことで強烈な快美が生じるのである。

弘志は鼻息を吹きこぼし、狭穴に強ばりを出し挿れした。自身も汗を滲ませ、着衣での慌ただしい交歓に精を出す。

程なく、頂上が近づいてきた。

「おれ、もうすぐだよ」

射精を予告すると、麗子が眉間にシワを寄せる。いつもは安堵の表情を浮かべることが多いのに——おそらく、乱れる様を見られたくなくて——どこかもの足りなさそうだ。

(セックスでもイキたくなってるんだな)

しかしながら、さすがに本心は明かせなかったようだ。

「うん……」

うなずいて、そのときを待つ姿勢をとる。半ば諦めたような対応を示され、弘志は焦りを覚えた。

(感じさせてあげなくちゃ)

夫としての義務感からではない。愛しいひとを感じさせたかったし、あられもなく昇りつめるとこも見たかった。

彼女の告白によれば、以前にもセックスで達したことがあるらしい。根気よく抽送を続ければ、ちゃんと導けるはずだ。

弘志は自らの上昇を抑え込み、リズミカルに腰を振った。ストロークの長いピストンで、女芯をせっせと穿つ。

「う、う、ン……ああ」

悩ましげな喘ぎが、半開きの唇からこぼれる。どこをどうすればより感じるのか、妻の反応を見極めながら、貫く角度や深さを試行していると、

「ああっ、そこぉ――」

麗子が首を反らし、弘志の二の腕をギュッと摑んだ。

(よし、ここだな)

膣の下腹側、わずかに盛りあがって、ツルツルしたところがある。そこを亀頭で強めにこすると、熟れたボディがワナワナと震えた。

発見したポイントを、弘志は重点的に攻めた。自身も快い刺激を受けることになるため、爆発しないよう気を引き締めて。

「あ、ああっ、あなたぁ」

歓喜に歪む表情を見つめながら抽送していると、彼女の息づかいがせわしなくはずみだす。腰もイヤイヤをするようにくねった。かなり高まっているのは間違いない。

上昇の気運を逃さぬよう、慎重且つ大胆に蜜穴を蹂躙する。こぼれる愛液がちゅぷちゅぷと卑猥な音を立て、それは麗子の耳にも届いたらしい。

「いやぁ、あ、あッ」

羞恥に顔を歪めながらも、牡の漲り(みなぎ)を柔穴で締めつける。蠢くヒダが、肉根を奥へ誘い込んでいるかのようだ。

(どんどんいやらしいカラダになってるみたいだぞ)

ロストバージンが三十路近かったぶん、遅れを取り戻そうとしているのか。肉体が急速に開花しているのを感じる。こなしたセックスの回数そのものは、決して多いとは言えないのに。

多彩な反応を示す内部に、弘志も危うくなってきた。

「ね、ねえ、まだ?」

麗子が差し迫った口振りで訊ねる。もうすぐだと言っておきながら、なかなか果てずに攻め続ける夫に、焦れているふうでもあった。

(イキそうになってるんだな)

あられもなく昇りつめる姿を晒したくないのだ。

「もうちょっと」

答えて、休みなく剛直を抜き挿しする。悟られぬよう爆発を堪え、先に彼女を頂上へ導くべく励んだ。

その甲斐あって、女体がビクッ、ビクッと細かく痙攣する。

「あ、ダメ」

麗子が声を洩らし、歯を食い縛る。「う、ううう」と呻き、身を強ばらせた。

そこに至り、弘志も限界を迎える。

「で、出る」

妻を抱きしめ、本能に任せて荒々しく腰を動かす。過敏になったペニスを濡れ穴で摩擦され、目のくらむ愉悦にまみれてオルガスムスに至った。

びゅるんッ――。

熱いものが筒肉の中心を駆け抜けた瞬間、全身がバラバラになったと思った。

「うあ、あ、ううう」

歓喜の声が自然とこぼれ、腰づかいがぎくしゃくしたものになる。その間に、麗子はさらなる高みへと駆けあがったようだ。

「あ、あ、ダメぇえええ」

長く尾を引くよがり声をほとばしらせた女体が、ソファーの上で弓なりになる。

蜜穴がキツくすぼまり、牡のエキスをドクドクと放つペニスを締めあげた。

(ああ、こんなのって……)

射精しながらのピストンが気持ちよすぎて、頭の中が真っ白になる。ふんふんと鼻を鳴らしながら、弘志は貪欲に快感を求めた。

「はあ」

深く息をついて、麗子が脱力する。長引いた頂上も、間もなく下降線を辿った。ふたりは身を重ねたまま、気怠い余韻にしばらくひたった。

4

真沙美が帰宅したのは、午後十時を回った頃だった。

「あー疲れた」

LDKの、リビングのソファーにどさっと腰をおろし、脚を行儀悪く投げ出す。ひと昔前なら、年頃の娘には相応しくない振る舞いだと注意されたであろう。今どきの子は、だいたいこんな感じだ。弘志が勤務する高校には、もっとがさつな少女たちがいくらでもいる。

真沙美とて、さすがにスカートを穿いていれば、もうちょっと淑やかに振る舞う。今はバイト帰りで、シャツにジーンズとラフな服装だから、膝だって閉じていないのだ。

ソファーに坐っていた弘志は、特に注意などせず「おかえり」と声をかけた。遠慮のない振る舞いを見せられると、本当の家族になれた気がして、むしろ安心できる。

麗子のほうは幾ぶん渋い顔で、真沙美に咎める眼差しを向けていた。九つ違いで年が離れているのに加え、保護者代わりを長らく務めてきたからだろう。姉というより、母親の目で見てしまうのではないか。

それでも、バイトで疲れた妹のために、ちゃんと食事を用意するのだから優しい。

「すぐに食べる?」

ひとりぶん取っておいたおかずを冷蔵庫から出し、レンジで温める前に声をかける。

「うん。あ、ビールをもらってもいい?」

「いいわよ」

「お義兄さん、付き合ってくれる？　ひとりで飲むのはつまんないし」

そんなふうに誘われるのは初めてで、弘志は面喰らった。

「うん。いいけど」

「よかった」

あどけなさの残る笑顔を見せた義妹に、頬が緩む。

「はい、どうぞ」

やりとりを聞いていたようで、麗子が冷えた缶ビールを二本持ってくる。ふたりはプルタブを開け、「乾杯」と缶を軽くぶつけ合った。

真沙美はコクコクと喉を鳴らし、

「あー、美味しい」

満足げな表情でふうと息をついた。

「お疲れ様」

弘志も喉を潤し、彼女をねぎらう。明日は仕事なので、晩酌もやめておいたのだが、缶ビール一本ぐらいならかまうまい。

それに、自分の半分ぐらいの年しかない女子大生と、さしで飲むのなんて初めてだ。妻の妹とは言え、異性であると意識せずにいられない。

何しろ、真沙美は愛らしい子だった。

女子高生だったときの麗子は、十人並みの器量であったと記憶している。大人になって容貌が変化し、女性らしさと色気で魅力が増していたが、性格のおとなしさもあって地味な印象は拭い去れない。おかげで悪い虫がつかなくていいと、夫である弘志はむしろ安心していた。

一方、父親似だという真沙美は、ひと目を惹く華やかな顔立ちだ。性格も物怖じせず、潑剌（はつらつ）としている。若さとも相まって、弘志には彼女が眩しくてたまらなかった。

そのため、我が家でくつろいでいたはずなのに、どうも落ち着かなくなる。

「お姉ちゃん、今夜のおかずって何？」

食卓にお皿を並べていた麗子に、真沙美が訊ねる。

「唐揚げとサラダよ。あと、おひたしも」

「スープは？」

「トマトと卵のスープだけど」

「じゃあ、こっちに持ってきて。おつまみ代わりに食べるから」

気の置けないリクエストに、姉はやれやれという顔を見せながらも、それらの

ものをお盆に載せて持ってきた。前のローテーブルに置いて、

「ご飯は？」

と訊ねる。

「いらない。寝る前に炭水化物を摂ると太るから」

これについては、真沙美は普段からそうすることが多かったので、麗子は何も言わなかった。

「お義兄さんもどう？　唐揚げとか」

勧められたものの、弘志は「いや、いいよ」と断った。

「おれはもう食べたから」

「じゃあ、遠慮なくいただきます」

真沙美が箸で唐揚げを摘まみ、ひと口食べてからビールを飲む。

「あー、ビールに唐揚げって最高ね」

いかにも満足げな面持ちで言われたら、断ったことを後悔してしまう。本当に美味しそうだったのだ。

（いや、駄目だぞ）

弘志は自らを戒めた。

四十歳になって、健康診断の数値が上昇しており、気をつけるよう指導されていたのだ。寝る前に脂っこいものを食べるのは、からだによくない。

そんな義兄の内心など慮ることなく、真沙美はビールと唐揚げに舌鼓を打つ。たちまち缶が空になり、立ちあがって新しいものを冷蔵庫から持ってきた。

（え——）

ドキッとした。再びソファーに腰掛けた彼女との距離が、いくらか縮まったのである。

ソファーは三人掛けで、最初はふたりのあいだに、ひとり分のスペースがあった。ところが、真沙美がより近いところに坐ったため、甘ったるい匂いが鼻先を掠める。

アルバイトを頑張って、汗をかいたのではないか。健康的なかぐわしさを、弘志は胸いっぱいに吸い込んだ。昼間、麗子のあられもない秘臭に昂ったが、今は郷愁に似た甘美な思いが胸に広がる。

すると、真沙美が怪訝（けげん）な面持ちで首をかしげた。

「ねえ、ヘンなニオイしない？」

弘志はうろたえた。若い体臭にうっとりしたのを、悟られたのかと思ったのだ。

「に、匂いって？」

「なんか、ナマぐさいっていうか」

不埒な行いを咎められたわけではなかった。安堵したものの、ローテーブルの下にあるゴミ箱が目に入り、胸の鼓動が激しくなる。

そこには丸めたティッシュがいくつかあった。このソファーで麗子とセックスしたあと、中出しした精液が溢れたのを拭ったものだ。また、濡れたペニスも清めた。

真沙美の言う匂いとは、牡のエキスの青くささではないのか。

（いや、そんなもの、とっくに消えてるだろ）

思ったものの、弘志や麗子は行為の当事者だ。淫らなパフュームに慣れきって、気がつかなかったのではないか。後始末をした現物があるのだから、そこから何か漂ったとしても不思議ではなかった。

さりとて、ここでセックスしたなんて知られてはまずい。

「キッチンのほうに、生ゴミでも残ってるんじゃないの」

適当な原因を口にすると、義妹が眉をひそめる。

「そういうのとは違うと思うんだけど」

何かを悟っているふうな口ぶりに、弘志はまさかと危ぶんだ。

（真沙美ちゃん、この匂いを知ってるのか？）

二十一歳の大学生だ。すでにセックスを体験していてもおかしくない。

しかしながら、姉の麗子は三十歳近くまで処女だった。そのため、妹も清純なのだと決めつけていたところがある。大学にきちんと通い、尚かつアルバイトでも忙しく、彼氏もいない様子であったから。

けれど、行動を四六時中見張っているわけではない。また、弘志と知り合う前に、男女の行為を経験していた可能性もある。

真沙美は思春期の頃、父親に反発して大変だったと麗子に聞いた。それにしたって、世間的にはよくあることだ。母親がいなくて精神的に不安定だったのかもしれず、今の学生らしい健全な日常を見るに、あくまでも一時的なものだったのだろう。

よって、自堕落な行動に身をやつしたとは考えにくい。

（まあ、バージンかどうかはともかく、精液の匂いまで知ってるってことはないよな）

リビングで妻を抱いたことが後ろめたくて、気を回してしまうのだ。本当に体液の残り香を嗅いだのだとしても、その正体まではわかるまい。

幸いにも、真沙美はそれ以上言及することなく、新しいビールに口をつけた。

「そう言えば、アルバイト先って変わってないの？　居酒屋だっけ」

蒸し返されないために、弘志は話題を振った。

「うん。大学近くの」

「仕事中にも飲んだりするの？」

「まさか。そんなことしたら仕事にならないもの。まあ、常連のお客さんが奢ってくれることはあるけど、ひと口だけ飲んで、あとはこっそり捨てちゃうかな」

チェーン店ではなく、アットホームな雰囲気の店だと、前に教えてもらった。お客との距離も近いらしいから、一緒に飲もうと勧められる場合もあろう。

「酔っぱらいに絡まれないようにするんだよ」

保護者の立場で注意を与えると、真沙美は「だいじょうぶ」と笑顔を見せた。

「ウチの店は、ヘンなお客さんっていないから」

大学のあるところは文教地区で、客も学生や勤め人がほとんどとのこと。ただ、酒が入ると豹変する輩はどこにでもいるから、油断してほしくない。

そんな胸の内が顔に出たのか、真沙美が興味津々という顔を向けてくる。

「ひょっとして、あたしのことを心配してるの？」

妙にキラキラした目で見つめられ、弘志はどぎまぎした。

「そりゃそうだよ。おれは親代わりみたいなもんなんだから」

顔をしかめて答えると、彼女が口許をほころばせる。

「じゃあ、これからはお義兄さんじゃなくて、パパって呼んだほうがいい？」

からかう眼差しに引き込まれ、口許が緩みそうになる。弘志はどうにか威厳を保った。

「おれは本気で心配してるんだからね」

真面目に返しても、真沙美は少しも深刻に受け止めない。

「だいじょうぶ。もうオトナなんだから」

「大人だから余計に心配だよ。妙な男に言い寄られても困るし」

つい本音が出てしまう。愛らしい義妹が酔客に狙われたらと思うと、気が気ではなかった。

「わかった。気をつける」

忠告を受け入れた真沙美が、照れくさそうな笑みをこぼす。

「ありがと、お義兄さん。あたしのこと、心配してくれて」

改まって礼を述べられ、弘志はうろたえた。いつになくしおらしい態度を示され、妙にときめいてしまったのだ。

「当たり前だろ。家族なんだから」

しかめっ面をこしらえると、嬉しそうにクスクスと笑う。心配だと言っておきながら、弘志のほうが義妹をひとりの女として見ていたのである。

5

ダブルベッドに入ると、麗子が身を寄せてきた。

「ね……」

掠れ声で短く告げ、からだをまさぐってくる。何を求めているのかなんて、訊ねる必要はなかった。

おとなしい妻が、ここまで積極的になるのは初めてではない。ただ、珍しいのも確かだ。

(昼間のアレが、よっぽどよかったんだな)

リビングのソファーで、着衣のままの慌ただしい営み。秘園の恥ずかしい匂いや味を暴かれ、彼女は羞恥に悶えながらもクンニリングスでよがり泣いた。さらに、セックスでも頂上に導かれたのだ。

あるいは、悦びの火が消えずに燻り続けていたというのか。弘志自身、淫らなひとときを思い返すと、海綿体が充血する兆しがあった。もう一度抱きたいと、浅ましく求めたくなる。

しかしながら、行為に及ぶには気掛かりなことがあった。

「真沙美ちゃん、まだ起きてるんじゃないか？」

囁き声で訊ねると、麗子が首を横に振った。

「ビールを二本も飲んだし、だいぶ疲れたみたいだったから、とっくに眠ってると思うわ」

たしかに、義妹はバスルームを出たあと自室に入るとき、大きなあくびをしていた。かなり眠そうであった。

「だけど、昼間みたいに大きな声を出したら、さすがに起きるんじゃないか」

厭味ではなく、心配して言ったのである。すると、脇腹をつねられた。

「バカ」

睨まれて、首を縮める。もっとも、喘ぎ声の対策は麗子も考えていたようだ。

「これを噛んでるからだいじょうぶ」

いつの間に持ち込んでいたのか、ハンドタオルをひらひらと振ってみせる。セルフ猿ぐつわで声を抑えるつもりらしい。

だったらいいかと、弘志は妻のからだを抱きしめた。

彼女が身にまとっていたのは、腿の半ばぐらいまでの丈があるロングTシャツだ。たくし上げれば脱がずともセックスができると、これを選んだのか。

おまけに、裾から手を入れてヒップをまさぐれば、下着を穿いていなかった。

「もう脱いでたのか。用意がいいんだな」

含み笑いでからかうと、常夜灯が照らすだけの薄暗い室内でもわかるほどに、頬を赤く染めた。

「だって、せっかく穿き替えたのに汚したらイヤだもの」

昼下がりの情事のあと、ふたりでシャワーを浴びた。そのときに下着を取り替えたから、愛液で濡らしたくなかったのだろう。

(てことは、もう濡れてるのか?)

手をふたりのあいだに差し入れ、恥叢の真下をさぐると、窪地にはぬるい蜜が溜まっていた。ベッドに入る前から、たまらなくなっていたと見える。

「あん」

軽く触れただけで麗子が喘ぎ、艶腰を震わせた。

この様子だと、パンティのクロッチはすでにぐっしょりだったのかもしれない。それを知られたくなくて、先に脱いだのではないか。

「ねえ」

焦れったげな声を洩らし、妻がまさぐってくる。弘志のほうもTシャツにブリーフと軽装だったから、薄布越しに牡器官を揉まれることとなった。

「うう」

快さが血流を多量に呼び込む。たちまち膨張した分身が、逞しい脈打ちをしなやかな指に伝えた。

「もうこんなに……」

つぶやいて、いったんはずした手を、ブリーフのゴムにくぐらせる。猛るものを直に握り、「硬いわ」とため息交じりに言った。

「今日のあなた、すごくない？」

「え、何が？」

「昼間も元気だったし」

普段以上に漲り具合が著しいのは、弘志も自覚していた。

「しょうがないさ。喪服の君に昂奮したんだから」

「今は着てないじゃない」

「イッたときの、いやらしい姿を思い出してるんだよ」

「もう」

咎めるように筒肉を強く握ってから、麗子がやけに艶っぽい目で見つめてくる。

「ね、お口でしてあげようか？」

してほしいんでしょと言いたげに、唇をペロリと舐める。もちろん異存はなかったが、どうせならもっと昂奮することがしたい。

「だったら、いっしょにしよう」

「え、いっしょに？」

「君がおれの上で逆向きになって——」

シックスナインを提案すると、彼女は狼狽した。

「そ、そんなの無理よ」

「どうして？」

「だって——」

言いかけて、口ごもる。セックスの快感に目覚めたあとでも、恥ずかしいところを夫の目の前に晒すのはためらいがあるのだ。顔を跨いだら、おしりの穴までまる見えになる。

前の妻とはあらゆる体位を試したし、相互舐め合いもごく普通にしていた。けれど、麗子とはそこまでではない。仮に性技が四十八手あるとすれば、実行したのは二割にも満たないだろう。

これから色んなかたちの性愛行為を経験することで、夫婦としての繋がりも確固たるものになると期待できる。今日は新たな一歩を踏み出した記念日なのだ。

「おれたちは夫婦なんだぜ。恥ずかしがることはないさ」

諭すことで、麗子も受け入れる。仕方ないという態度を崩さなかったものの、おそらくは照れ隠しだろう。彼女のほうも、女として花開いたのだ。

掛け布団をどかし、弘志はブリーフを脱いだ。

「うう、もう」

羞恥に呻きながらも、麗子は夫の胸を膝立ちで跨いだ。Tシャツをたくし上げ、たっぷりした肉厚の臀部を顔に向けて。

妻のおしりが魅力的なのは、知っているつもりだった。本人は大きいことを気にしている様子で、タイトスカートや、ぴったりしたパンツを好まない。体形の出ないスカートを穿くことが多かった。

しかし、ボリュームに富むばかりではない。ふっくらとして柔らかだし、かたちがとてもいいのだ。俯せになっても豊かに盛りあがり、丸みの下側が描く波形模様など、どれだけ芸術的なオブジェも敵うまい。

それでも、ここまでの至近距離で目にするのは初めてだった。シックスナインはもちろん、顔面騎乗もされたことがなかったのだから。

（素敵だ……）

感動が胸に満ちる。唯一、明かりが不足しているのが残念だ。まあ、煌々と照らされていたら、麗子はここまでしなかったであろう。

常夜灯のみだから、秘芯は影になってほとんど見えない。恥毛が繁茂しているためもあった。

それでも、谷底にひそむ紅色のアヌスは、かろうじて見えた。産毛が濃くなった程度の毛が、疎らに生えているところも。

（麗子のおしりの穴だ……）

正常位しかしたがらない妻をなだめすかし、バックスタイルで挑んだことが数回ある。そのときも彼女は尻の谷をキュッとすぼめ、結合部を見られまいとしていた。おかげでやりづらく、早々に諦めたのである。

よって、そこはチラッとしか目撃していない。

排泄口たるすぼまりは、放射状のシワが綺麗に整っている。ちんまりして、花のツボミのよう。愛らしくも背徳的だ。

ある意味、性器以上にタブーな存在とも言える。そのため、ついまじまじと観察してしまった。

「ううっ」

弘志は呻き、腰を震わせた。麗子が漲りの先端を含んだのである。

チュッ——。

吸われたあと、舌をまといつかされる。敏感なくびれを狙われた。

(気持ちいい……)

昼間されたときよりも、格段に快い。今日一日だけで、めきめきと上達したかのようだ。そんなふうに感じるのは、妻尻と対面して、昂奮が著しかったせいもあるのだろう。

ならばこちらもと、たわわな丸みを両手で摑んで引き寄せる。

「むぅ」

麗子が呻き、咎めるようにペニスを吸う。そのときには、柔らかな重みが顔にのしかかっていた。

（ああ）

もっちりした弾力と、なめらかな肌が心地よい。口許を湿地帯でまともに塞がれたのに、少しも苦しくなかった。

むしろ、このまま命の灯火が消えても本望だと思った。

それでも、酸素不足で頭がボーッとしてくると、生への執着がふくれ上がる。この甘美な状況を、もっと堪能したかった。

弘志は秘苑にこもる匂いを、胸いっぱいに吸い込んだ。多少は含まれているであろう酸素と一緒に。

午後に濃密なひとときを過ごしたあと、ふたりともシャワーを浴びた。そのため、荒々しい牝臭は洗い流されてしまった。

けれど、あれから時間が経って、女芯は本来のかぐわしさを取り戻している。情事への期待で昂り、かなり濡れていたためもあったようだ。

もっとたくさんの蜜を湧出（ゆうしゅつ）させるべく、弘志は舌先で敏感な肉芽をほじった。

「むふッ」

麗子が鼻息をこぼす。温かなそれが陰嚢(いんのう)の縮れ毛をそよがせ、背すじがゾクゾクした。

お返しに、クリトリスを執拗に攻める。

「むーーうっ、むふふぅ」

洩れる喘ぎがせわしなくなる。フェラチオの舌づかいも覚束なくなってきた。

(昼間よりも感じてるみたいだぞ)

あのときは秘部の匂いや汚れが気になって、それどころではなかったのかもしれない。洗ったから大丈夫だと、今は行為にのめり込んでいるのか。実際は、いやらしい匂いをぷんぷんさせているとも知らずに。

「ぷはっ」

息が続かなくなったらしく、麗子が肉根を吐き出した。

「ね、ね、ちょっとやめて……おしゃぶりできないから」

切羽詰まった声で、クンニリングスの中止を求める。

「ちゃんとチ×ポを咥えてないと、声で真沙美ちゃんに気づかれるぞ」

注意すると、豊満な臀部がビクッと震える。彼女は焦ったように屹立を口内に戻した。

あとはかまわず、秘核ねぶりに邁進する。

「うう」

麗子が呻く。どうにか反撃しようと舌を動かしたが、弘志を降参させるのは無理だった。

それどころか、ますます窮地に追いやられる。

「むっ、う……むふッ」

鼻息をこぼし、裸の下半身をうち揺する。順調に高まっているのが見て取れて、もっと乱れさせたくなった。谷底の可憐なツボミがせわしなく収縮するのにも煽られ、舌の根が痛むのもかまわず肉芽をはじく。

「むふぅううううう」

いよいよ限界を迎えたらしく、キツく閉じた尻割れが鼻面を挟み込む。切なげな呻き声と、双丘の痙攣が同調した。

次の瞬間、

「むはっ」

再びペニスを吐き出した麗子が、全身をわななかせる。「うう、ううッ」と苦しげな声をこぼし、半裸のボディを強ばらせた。

(イッたんだ)

顔に乗った豊臀も、ふっくらした丸みに筋肉のへこみをこしらえる。しばらく緊張状態が続いたあと、電源が落ちたみたいに脱力した。

「ふは、はぁ……はふ——」

深い息づかいが聞こえる。唾液に濡れた分身に、温かな風が吹きかかった。

(よし)

弘志は妻の下から這いだした。一度絶頂させて終わりにするつもりは毛頭ない。そもそも、こっちはまだなのである。

ころんと横臥した女体を、尻を抱えて起こす。両肘と両膝をついた四つん這いの姿勢を取らせると、麗子はシーツに顔を埋めた。

「挿れるよ」

声をかけても反応はない。ただ肩を上下させるのみ。

このままセックスをするのだと、もちろんわかっているのである。普段はしないケモノの体位を拒まなかったのは、絶頂の余韻で頭がボーッとなっていたためだろう。

それをいいことに、弘志は彼女の尻を高く掲げさせた。谷間がぱっくりと割れ、羞恥帯が薄明かりの下に晒されるように。

(うう、いやらしい)

牡を欲しがる牝のポーズ。唾液と愛液に濡れた女芯は恥毛がべっとりと張りつき、鈍い光を反射させていた。

下腹にくっつかんばかりに反り返った剛直を前に傾け、弘志は妻の真後ろから挑んだ。切っ先で淫華をまさぐれば、亀頭粘膜がミゾに沿ってすべる。引っかかりもなく、ヌルッと入ってしまいそうだ。

昼下がりの情交が思い出される。あのときも悦びが著しかったが、今はそれ以上の快感が得られそうだ。

逸る(はや)気持ちを抑えきれず、弘志は強ばりを一気に侵入させた。

ぢゅぷり——。

内部に溜まっていた愛液が押し出される音が立つ。

「ああああっ」

麗子が首を反らし、歓喜の声を張りあげた。

「おい、聞こえるぞ」

たしなめると、彼女がハッとして身を堅くする。急いで枕元にあったハンドタオルを摑み、口に入れたようだ。

これなら大丈夫だろうと、最初から力強いピストンを繰り出す。

「ん、ん、ん、んぅ」

くぐもった声が聞こえる。このぐらいなら、隣で眠っている真沙美には気づかれまい。

だからと言って激しく攻めたら、ベッドの軋みで悟られる恐れがある。慎重に進めねばならない。

勢いだけの抽送をやめ、弘志はスローな動きを心がけた。そのぶん、膣口からはずれそうなギリギリまで陽根を退かせ、戻すときに速度を上げる。

「ンふっ」

麗子が鼻で喘ぎ、掲げた艶尻をワナワナと震わせた。

(ああ、いい感じ)

出し挿れのペースを落とすことで、内部の佇まいをよりはっきりと味わえる。蕩けるような熱さやヒダの粒立ち、それから、奥まったところに狭まりがあることも知った。正常位ではなく、バックスタイルだから気づけたらしい。

麗子のほうも、普段とは異なる刺激を得られているはず。現に、勢いよく突かれなくても、彼女は切なさをあらわに身悶えた。

「ンううう、ううっ」

声にならないよがりを洩らし、尻の谷をせわしなくすぼめる。逆ハート型の双丘に出入りする筒肉には、いつしか白い濁りがまといついていた。

酸味を帯びた淫臭がたち昇ってくる。どこか動物的であり、今の体位に相応しい。自身も一匹のケモノになったつもりで、ひたすら快楽を追う。

そのとき、麗子の下半身がガクンとはずんだ。

「むっ、う、うう」

呻いて、柔肌のあちこちを細かく痙攣させる。それが絶頂の反応であると、弘志は理解した。

(え、もうイッたのか?)

内部も締まりが著しく、奥へ誘い込むみたいに蠕動する。引き込まれて爆発しそうになり、どうにか堪えた。

肉棒をそろそろと引き抜く。亀頭が膣口から外れるなり、彼女がベッドに転がった。口にハンドタオルを咥えたまま、横臥して脇腹を大きく上下させる。

オルガスムスの余韻にひたる妻は、殊のほか色っぽい。とは言え、弘志はまだ欲望を解き放っていない。眺めているだけで、満足できるはずがなかった。

新たな体位も試したくなり、胎児のようにからだを丸めた妻に挑みかかる。横向きのヒップを腿で挟み、濡れ割れに肉の槍を突き立てた。

「くはッ」

麗子がのけ反る。口から落ちたタオルを焦って拾い、再び噛み締めた。

それを確認してから、抽送を再開する。

昇りつめた直後で、肉体が敏感になっているらしい。彼女は蜜穴を貫かれるたびに身を震わせ、牡器官を強く締めあげた。

「う、う、う――」

（うう、キツい）

いつもと九十度異なる角度のためか、中が狭く感じる。内部の佇まいも新鮮で、別の女性を抱いているかのよう。

ベッドを軋ませないため、弘志は低速のピストンを続けていた。上昇は緩やかだったものの、そのぶん悦びが揺るぎなく蓄積されたらしい。いよいよ終末が迫ったとき、後戻りが不可能になっていた。

そして、悦びの強大な波が押し寄せる。

「う──あ、ああっ」

妻に注意しておきながら、弘志は自らの声を抑えられなかった。ハッハッと荒ぶる息づかいとともに、随喜のエキスを勢いよく放つ。

びゅッ、びゅるんッ──。

午後にもたっぷり出したのに、それを上回るのではないかと思えるほどの濃密な射精。快感も凄まじく、ザーメンと一緒に魂まで抜かれそうで、恐怖も伴っていた。

(ああ、すごすぎる)

ガクガクする腰を浅ましく振り続け、最後の一滴まで膣奥に注ぎ込む。体内に広がる熱さを感じたのか、麗子が悩ましげに「むふーン」と呻いた。

「おお」

蜜窟がすぼまり、駄目押しの快さを与えられる。目の奥に火花が散った。

間もなく、絶頂曲線が右肩下がりとなる。

気怠い余韻の中、ふたりの息づかいが寝室に流れる。いつの間にかハンドタオルは外れており、麗子の口許に光る涎のあとが、オルガスムスの激しさを物語っていた。

弘志はそろそろと腰を引いた。軟らかくなりかけたペニスが女芯からこぼれ、そこから白濁液が滴る。

「おっと」

急いでボックスからティッシュを抜き、濡れた秘部に当てる。彼女は完全にダウン状態で、中出しされたものがどうなるのかなんて、気にかける余裕などないらしい。

幸いにもシーツを汚さずに済んだが、室内には営みの明かしたる熱気と、生々しい媚香が漂っている。この匂いが隣まで流れたら、真沙美も姉夫婦がセックスをしたと気づくのではないか。

(けっこう鼻が利くみたいだからな)

ゴミ箱に捨てた薄紙の、牡の体液臭にも気がついたぐらいであるし。

あのときの反応を思い返すに、やはり彼女は匂いの正体に気がついていたのではないか。家族団欒の場所でセックスなんかしないでと、暗に非難するつもりで指摘したのかもしれない。

つまり、すでに男を知っているということだ。

義妹の性遍歴を想像し、胸が痛む。保護者のような心づもりでいたから、自堕落な行動は慎んでほしいというのが本音だ。

もっとも、男女のそういうことを知っていたほうが、有り難い部分もある。夫婦の営みについても気を利かし、素知らぬフリをしてくれるはずだ。

都合のいいことを考えていると、麗子がのろのろと身を起こす。脚を流してベッドの上に坐り、ふうと息をついた。

「ちょっと激しすぎたんじゃない?」

横目で睨まれ、弘志はドキッとした。

「いや、音とか立てないように、ゆっくり動いたんだけど」

弁明に、彼女は何か言いたげに口を開きかけたものの、そのまま黙り込んだ。おそらく腰づかいのことではなく、立て続けに絶頂させられた件を咎めたかったのであろう。

満足したのは間違いなくても、元来おとなしくて慎ましい女性なのだ。はしたない姿を夫に見せてしまい、羞恥もかなりのものだったに違いない。

「今夜の君は、すごく綺麗だったよ」

褒めたつもりであったが、麗子はますます居たたまれなくなったらしい。

「き、綺麗って――」

うろたえて、黒目を泳がせる。昇りつめたところをばっちり見られたのだと、意識せずにいられなかったようだ。

「わたし、トイレ」

逃げるようにベッドを降り、足下をフラつかせながら寝室を出る。外の冷えた空気が流れ込み、汗ばんだ肌に心地よかった。

トイレは洗浄器付きだから、麗子はビデで秘部を清めるだろう。弘志もティッシュで分身を拭ったものの、ベタつきが気になった。

(シャワーでここだけ洗ってこようか)

しかし、荒淫のあとで疲れており、面倒だという思いが強い。妻に続いてトイレを使ったあと、結局バスルームには行かず寝室に戻った。

ベッドに入ると、麗子が甘えてくる。くちづけを交わし、柔らかなからだをそっと撫でるうちに睡魔が押し寄せ、ふたりはほぼ同時に眠りに落ちた。

これまでになく充実した、休日の夜であった。

第二章　淫らな看病

1

翌朝、弘志が朝食を摂っていると、真沙美がやって来た。

「おはよ」

キッチンカウンター前の食卓にいた義兄に、まだ眠そうな目で挨拶をする。

「おはよう。珍しいね、こんな早くに起きてくるなんて」

彼女の起床時刻は、だいたい弘志や麗子が出勤したあとなのだ。

「今日は一限からゼミがあるの。レポートの発表もあるし」

言われて、なるほどとうなずく。アルバイトに一所懸命でも、学生の本分を忘れていないことに感心した。

「トーストでいい？」

キッチンにいた麗子が、妹に声をかける。

「うん。お願い」

「卵は？」

「んー、スクランブルエッグにして」

間もなく、パンと卵の焼けるいい匂いが、食卓にまで流れてきた。

「牛乳も飲みなさい」

グラスに注いだものを、麗子がカウンター越しに渡す。真沙美は受け取ってひと口飲んでから、弘志にこそっと告げた。

「お姉ちゃん、なんだか綺麗になったよね」

コーヒーカップに口をつけていた弘志は、含んだものを危うく噴き出しそうになった。

「い、いきなり何だよ」

しかも彼女は、どこか思わせぶりな目つきである。

「前は痩せてたのに、結婚していい感じにお肉がついてきたじゃない。お義兄さんが優しいから安心して、ストレスもなくなったんだよね」

「おだてても何も出ないぞ」

照れ隠しでしかめ面をこしらえても、真沙美はどこ吹く風だった。

「あと、カラダつきが女らしくなったのは、毎日が充実しているからだよね」

「そりゃ、麗子は仕事もしてるし、家事も頑張ってるし」

「そういうんじゃなくて。ほら、お姉ちゃんの腰つきとか、女のあたしから見ても色っぽいって思うもの」

若いくせに生意気なことをと思ったが、弘志は黙って聞いていた。へたなことを口にしたら、とんでもない逆襲がある気がしたのだ。

しかし、こちらが何も言わずとも、結果は同じだったらしい。

「やっぱり、エッチで満足していると、女性って綺麗になるんだね」

露骨な発言に、弘志は狼狽した。幸いにも麗子の耳には届かなかったらしく、こちらをまったく気にしていない。

「ちょっと、真沙美ちゃん」

たしなめるつもりで声をかけると、彼女はやれやれというふうに肩をすくめた。

「まあ、夫婦仲がいいのはけっこうだけど、昼も夜もっていうのはやり過ぎじゃない？　あと、リビングでするのなら、後始末はちゃんとしておいてね。いちおう年頃の娘がいるんだから」

冗談めかした物言いながら、目はこちらをじっと見据えている。すべてわかっているのよと言いたげに。

（じゃあ、やっぱり気づいてたのか）

ゴミ箱のティッシュから漂う匂いで、何があったのかを察したのだ。それに、昼も夜もと言うことは、

「昨夜は、早く寝たんじゃなかったのかい？」

それとなく確認すると、真沙美は牛乳をひと口飲んだ。

「眠かったけど、今日のゼミのレポートがあったから」

つまり、遅くまで起きて、課題をやっていたのだ。夫婦の営みが行われていたときにも。

声や物音には気をつけたつもりだったが、彼女の部屋と夫婦の寝室を遮るのは壁のみである。何も聞こえずとも、気配が伝わったかもしれない。

そもそも、ここまできっぱりと言い切るのだ。もしかしたらとカマをかけているわけではないらしい。

「……ごめん」

弘志は素直に謝罪した。家族とは言え、年頃の女の子だ。もっと気を遣うべきだったのに。

すると、真沙美が笑顔でかぶりを振る。

「ああ、いいの。べつに気にしてないから。知らないフリをしててもよかったんだけど、お義兄さんたちがあれでだいじょうぶだと思い込んで、エスカレートされても困っちゃうし」

女子大生の義妹に諭されて、神妙にうなずく。これでは、どちらが年上なのかわからない。

「うん。気をつけるよ」

「あのね、エッチしないでって言ってるんじゃないからね。お姉ちゃんは、お義兄さんと知り合うまで彼氏も作らないで、あたしのために頑張ってくれたんだもの。せっかく女のヨロコビに目覚めたんだから、いっぱい満足させてあげて」

そこまで言えるのだから、やはりこの子は男を知っているのだ。それこそ、セックスの歓びに目覚めるまでに。

「何を満足させるって?」

麗子の問いかけに、弘志は心臓が止まりそうになった。ふたりの会話を聞かれたのかと思ったのだ。

ところが、真沙美は平然とトーストのお皿を受け取り、

「一家の大黒柱として、お姉ちゃんが満足するようにいっぱい稼いでってお願いしたのよ」

と、何でもなかったかのように答える。

「生意気言うんじゃないの」

妹の言葉を信じた妻に、弘志は胸を撫で下ろした。本当のやりとりを知ったなら、おそらくうろたえまくって泣き出すであろう。

「そういうわけだから、お義兄さんはいつまでも元気で頑張ってね」

「ああ、うん……」

「まあ、四十歳にしては、元気すぎるぐらいだけど」

昼も夜も妻を抱いたことを指しているのだと、すぐさま理解する。けれど、麗子は皮肉であることに気がつかず、

「そうね。元気なのが一番だわ」

と、同意してうなずいた。

2

弘志が高熱を出したのは、それから二日後のことだ。

朝から風邪っぽい症状はあった。咳が少し出て、鈍い頭痛も。だが、このぐらいなら仕事をしていれば良くなると、いつも通りに出勤した。

ところが、お昼前に熱が出て、喉も痛くなった。からだもフラつき、これはただの風邪ではないと気がつく。

すぐに早退を申し出て、近くの医院に駆け込む。ひょっとしたらと危ぶんだとおり、インフルエンザであった。まだ流行には早いのに、どうやら先取りしてしまったらしい。

許可が出るまで出勤停止となるため、結果を学校に報告する。マスクを購入して着けると、タクシーを呼んで家に帰った。そこまでは、どうにか自分で対処できたのである。

ベッドに入り、妻にメールで連絡したところで、安心したのか熱がぐんぐん上昇する。病院でもらった薬を飲み、早く治さなければと眠った。

夕方、麗子が帰ってきたときにも、四十度近い高熱が続いていた。額に貼った冷却シートも、あまり役に立たない。

「あなた、だいじょうぶ？」

泣きそうになっている彼女に、マスク越しに「平気だから」と答える。感染してはいけないから、今夜は真沙美の部屋で寝るように言った。それから、なるべく寝室には入らないようにとも。

そのあと、麗子が作ってくれた卵粥を食べ、また眠った。

深夜近くに目を覚ましたとき、薬が効いたのか、熱は三十八度ぐらいまで下がっていた。ただ、からだが怠いことに変わりはない。

水を飲みにキッチンへ行くと、食卓に麗子と真沙美がいた。ふたりから心配され、良くなっていることを伝える。

麗子は、明日は会社を休もうかと言った。病気の夫を、ひとりで家に残すのは忍びなかったのだろう。

弘志とて、愛しい妻にそばにいてもらいたい気持ちはある。けれど、あとは薬を飲んで、自力で快復するしかないのだ。世話をされるまでもないし、こんなことで仕事を休ませるわけにはいかない。

「あたし、明日は午前だけで終わるし、すぐに帰ってお義兄さんを見てあげるよ。バイトも夕方からだから」

妹にも言われて、麗子はそれならと任せることに同意した。

翌朝、ずっと眠っていたためか頭が重く、弘志はうつらうつらしていた。出かけるという妻にも生返事しかできなかったが、病状は改善傾向にあった。

実際、お昼頃に目を覚ましたときには、測らなくてもわかるぐらいに熱が下がっていた。

(もうだいじょうぶみたいだな)

早めに対処したのが功を奏したようだ。体力も戻ってきた感じがある。

快復を自覚したことで、お腹が空いてきた。昨夜、お粥を食べただけで、ずっと固形物を口にしてこなかったのだ。

おそらく、麗子が何か用意してくれているだろう。元気になるためにも食べなくちゃいけない。弘志がベッドから出ようとしたとき、寝室のドアが開いた。

「あ、お義兄さん、具合どう?」

真沙美だった。大学のほうが終わって、約束どおりに帰ってくれたのか。バイトのあとではないから、デニムのスカートを穿いていた。

「うん、だいぶいいよ」

「よかった。何か食べる？」

「今、キッチンに行こうと思ってたんだ」

「だったら、寝てていいわよ。あたしが持ってくるから」

言われて、ならばとお言葉に甘えることにした。

やはり麗子は、夫のために食事を作っておいてくれていた。軟らかめのご飯に、豆腐の味噌汁も味は薄めだ。他に白身魚と、茄子のおひたしもあった。

真沙美がそれらを温めて、お盆に載せて運んできてくれる。弘志はベッドに起き上がると、空っぽだった胃をびっくりさせないよう、よく噛んでゆっくりと食べた。

「ごちそうさま」

満足して箸を置くと、ほうじ茶も出してもらえる。弘志はひと息つき、薬も飲んだ。

「また寝るんでしょ？」

義妹に問われ、「そうだね」と答える。

「だったらカラダを拭いて、下着とパジャマも替えたほうがいいよ。だいぶ汗をかいたみたいじゃない」

確かに、肌全体がベタついている。体力も戻ってきたようだし、綺麗になってさっぱりしたかった。

さりとて、いきなりシャワーを浴びるのはまずいだろう。安静にしていないと、熱がぶり返すかもしれない。

「ちょっと待ってて」

真沙美が空の食器を下げてくれる。弘志はサイドテーブルにあったスマホを手に取り、メールを確認した。

少し経って、彼女が戻ってくる。お湯の入ったタライとタオルを持っていた。からだを拭くために準備をしてくれたのだ。

「ああ、ありがとう」

もちろん弘志は、自分でするつもりでいた。けれど、真沙美はタオルをお湯にひたして絞り、

「ほら、脱いで」

と、子供の世話でもするような口調で命じたのである。

「え、どうして?」

どうやら彼女は、義兄のからだを清めるつもりでいるらしい。

「いや、自分でやるからさ」

絞ったタオルを取り上げようとすると、思い切り睨まれた。

「病人は病人らしく、ちゃんと言うことを聞きなさい。だいたい、ひとりだと背中が拭けないでしょ」

逆らうことは許しませんという態度を示され、何も言えなくなる。確かに、背中には手が届かないし、やってもらったほうがすっきりするだろう。

「わかったよ」

弘志は渋々、パジャマの上着を脱いだ。中に着ていたシャツも頭から抜く。どちらも汗でかなり湿っていた。

下も脱ぐように言われたらどうしようと、内心ビクついていたのである。幸いにも、真沙美はそこまで求めなかった。

「じゃあ、先に顔を拭いて」

手渡されたタオルで、弘志は顔を拭った。適度な温かさで汗と脂がよく落ちて、爽やかな気分になる。

タオルを返すと、真沙美は一度ゆすいでから、

「後ろを向いて」

と言った。

(背中だけやってくれるんだな)

弘志は思った。手が届かないところだけ拭いてくれて、あとはこちらに任せるのだろうと。だから、ゆったりした気分で身を任せられたのである。

(ああ、気持ちいい)

彼女は肩から丁寧に拭いてくれた。タオルを持たないほうの手も肌に触れており、くすぐったいような快さをもたらす。

「いっぱい汗をかいたのね。けっこうベタベタしてる」

そんなことを指摘されるのは恥ずかしかったものの、真沙美が嫌がっているわけでないのは、口調からも明らかだ。そもそも、彼女のほうからこれを買って出たのである。

腰の下のほうまで清めると、タオルがゆすがれる。弘志は「ありがとう」と礼を述べた。この先は自分がするつもりで。

ところが、

「下も脱いで」

当然そうするものという口振りで言われ、さすがに狼狽する。

「え、下も?」

「そうよ。全部」

つまり、素っ裸になれというのか。

真沙美の目は真剣であった。ずっと年下なのに、有無を言わせぬ圧迫感もある。

そのため、拒みづらかったのである。この期に及んでごちゃごちゃ言うのは、
年上としてどうなのかという思いもあった。

(そうさ。堂々としていればいいんだから)

彼女は男を知っているのだし、裸ぐらいどうということはないのだろう。こっ
ちが恥ずかしがったら、かえって意識させてしまう。

それでも、さすがに股間は任せてくれるはず。いくら家族でも、そこはプライ
ベートな部分だ。本人以外にさわっていい者は限られる。

と、いかにも教育者らしいことを考えたものの、

「ここに寝て」

次の指示を受けて、またうろたえる。

「え、寝る?」

「まだ完全に治ったわけじゃないんだし、坐りっぱなしだと疲れるでしょ」

体調を気遣ってくれているようだし、ここは従うより他なかった。

弘志はベッドに仰向けで寝そべった。真沙美も上がってきたので、そのぶんのスペースを空けて。

股間を両手でしっかり隠していたのは、若い女性の前でイチモツを晒すわけにはいかないからだ。いくら素っ裸になっても、最低限のエチケットとして。

さすがに彼女も、手をどけろとは言わなかった。今度はからだの前面を、鎖骨のところから清めてくれる。

もっとも、それには腕が邪魔になる。

真沙美は手を片方ずつ離すよう、口には出さず、それとなく促した。意図を察して、弘志も股間を片手で隠す。勃起していたら無理だったろうが、緊張していたために、その部分はピクリとも反応しなかった。

手を差し出すと、腕から腋の下まで拭われて、くすぐったい快さにひたる。タオルがゆすがれ、反対側の腕や腋も汗を拭き取られた。

続いて、真沙美が脚のほうに移ったものだから、弘志はホッとした。やはり牡のシンボルには手を出さないのだと。

だが、足の裏ばかりか、指の股にまで濡れタオルを使われ、弘志は居たたまれなさを募らせた。いくら身内でも、そこまでしてもらうのは気が引けたのだ。

(嫌じゃないのかな、真沙美ちゃん……)

麗子に頼まれて、仕方なくやっているのではないか。もっとも、表情はいたって真剣で、嫌悪の情は微塵も窺えない。むしろ熱中しているかに見える。

だったら、ここは四の五の言わずに、すべて任せればいい。

「ふう」

両脚を終え、真沙美がひと息つく。ベッドから降りてタオルをゆすいだ。

「ありがとう。すっきりしたよ」

弘志がそう告げたのは、彼女の役割が終わったと思ったからだ。あとはタオルを受け取って、自分ですればいいのだと。

ところが、真沙美がタオルを放すことなく、

「手をどけて」

さらりと言い放ったものだから、弘志は戸惑った。

「え、手を?」

「隠してたら拭けないもの」

では、牡のシンボルを清めるつもりなのか。

「い、いいよ。そこは自分でやるから」

「遠慮しないで」

「いや、遠慮じゃなくて──」

まだ大学生の義妹に、ペニスをさわらせるわけにはいかない。たとえ、親切心からの申し出であっても。

すると、彼女がクスッと口許をほころばせる。

「心配しなくても、オチ×チンぐらい見たことあるから平気よ。それに、お義兄さんにヘンな感情を持つわけないし」

きっぱりと断言され、弘志は返す言葉を見失った。

(見たことあるって……それじゃあ、やっぱり男を知っているのか)

薄々悟ってはいたものの、本人の口から明らかにされて、さすがにショックを受ける。もちろん、咎める資格などないけれど。

「わかった……それじゃあ、お願いするよ」

受け入れたのは、蓮っ葉な対応をされて、半ば荒んだ心境になったからだ。非処女ならかまうまい、だったらやってもらおうじゃないかと、真沙美に軽い反発心を抱いた。

そのため、股間から両手をはずし、堂々と見せたのである。さすがに動揺するのではないかという期待もあった。

ところが、彼女は平然としている。

「うん、それでいいの」

諭すような口振りで言い、視線を落とす。普通の状態の秘茎を見て、感心したふうにうなずいた。

「けっこう大きいね」

ヘンな感情など持たないと言ったくせに、性的なニュアンスの感想を口にされてうろたえる。そもそも勃起していないのであり、大きさなど大差ないはずだ。

(それとも、付き合った男は、みんな短小だったのか?)

弘志のほうも妙な想像をしてしまい、腰の裏がムズムズする。これではいけないと唇を真一文字に結んだところで、白魚の指がのばされた。

「う——」

洩れかけた呻き声を、どうにか抑える。軟らかな筒肉を摘まれて、意図せず感じてしまったのだ。

「それじゃ、綺麗にしてあげる」

男性器を手にしているとは思えない爽やかな口振りに、弘志は常識がグラつくのを覚えた。大したことではないのに、考えすぎだと蔑まれている気すらした。

真沙美はたるんだ包皮を押し下げて、くびれまであらわにした。そんな手つきからも、経験豊富であると窺える。

「あう」

今度は堪えきれず、弘志は声を出した。敏感な先っちょを、濡れタオルで直に拭われたのだ。

年上の男が感じたと、真沙美もわかっていたようだ。

「キモチいいの?」

目を細め、首をかしげる。愛らしいしぐさを見せつつ、尚も雁首の段差を執拗にこするのである。そこが汚れや匂いの溜まりやすい場所だと知っているかのように。

そのため、羞恥がいっそうふくれあがる。

もしかしたら、白いカスが付着していたものだから、丁寧に清めているのだろうか。本当に恥垢まで見られたのだとしたら、合わせる顔がない。

弘志は瞼を閉じ、ひたすらじっとしていた。何か反応を示そうものなら、恥ずかしい指摘をされる気がしたのだ。

真沙美は秘茎全体を拭い終えると、義兄に脚を開かせ、陰嚢にも濡れタオルを使った。牡の急所だと理解しているらしく、そっと撫でるように。

おかげで、くすぐったい快さが、股間を基点に全身へと広がる。

（あ、まずい）

弘志は焦った。海綿体が充血する兆しを感じたのである。

亀頭をこすられて感じたときに勃起しなかったのは、恥ずかしさと居たたまれなさで、それどころではなかったからだ。今も羞恥にまみれているが、目をつぶって何も見ないようにしたことで、快さを意識せずにいられなくなった。

そのため、肉体が正直な反応を余儀なくされたのか。

性器を刺激されたのであり、勃起するのはやむを得ないとも言える。だが、玉袋を拭かれてペニスが膨張したなんて、いかにも変態じみている。真沙美もさすがにあきれるだろう。

「あら？」

たようだ。

彼女の訝(いぶか)る声が聞こえてドキッとする。筒肉がふくらみつつあるのに気がつい

顔が熱く火照る。これ以上大きくなるなと懸命に理性を働かせても、肉体は本能に従うのみ。もはや申し開きが不可能なところまで膨張する。

ところが、真沙美は何も言わなかった。下腹から浮きあがり、ビクビクとうち震える肉器官を目の当たりにしているはずなのに。

(こうなるのはしょうがないって、わかってるのか？)

男を知っているからこそ、勃起を単なる生理現象と捉えているのかもしれない。だとしても、義妹の目の前でエレクトした事実は消せない。弘志は情けなくてたまらなかった。黙っていられるのはかえってつらく、いっそ罵られたほうがマシだったろう。

そんな心境に陥っていたものだから、彼女の指示にも素直に従ったのか。

「ねえ、膝を抱えてもらえる？」

「え、どうして？」

「おしりのほうも拭きたいから」

弘志は深く考えることなく、言われるままに動いた。両脚を掲げ、両膝の裏に

手を入れて引き寄せる。おしめを替えられる赤ん坊のポーズだ。

（いや、これって――）

とんでもなくみっともない格好をしていると、自覚したのは尻の割れ目に涼しさを感じたからだ。ぴったりと閉じ、蒸れていたところが開いて、熱を放散したのだろう。

つまり、その部分があらわになっているのだ。

義理の妹に肛門まで見られてしまった。毛が生えて、見た目も清潔感に欠けるところを。もしかしたら、イヤな匂いがそこからたち昇っているかもしれない。

居たたまれなくて、無意識に腰をよじる。そのくせ、牡のシンボルはいっそう力を漲らせ、雄々しく脈打つのだ。まるで、恥ずかしいところをもっと見てとせがむみたいに。

「ううう」

弘志は呻き、尻の谷を焦ってすぼめた。真沙美がアヌスのあたりを拭ったのだ。

用を足したあと、その部分は洗浄器で清めている。妙な付着物はないと思うものの、何らかの匂いはつくだろう。それを嗅がれたらと思うと、気が気ではなかった。

しかしながら、二十一歳の女子大生が、そんな変質者じみたことをするはずがない。自らが妻の秘臭に昂り、浅ましく嗅ぎ回ったものだから、同じ目に遭うのではないかと疑心暗鬼に陥ったのである。

「もういいわ」

声をかけられるまで、長い時間が経った気がした。実際は、二分もかからなかったのに。

膝を離してからだをのばし、弘志はようやくひと息ついた。すると、それを見計らったみたいに、真沙美が信じ難い行動に出る。

「むはッ」

不意を衝かれ、息の固まりを喉から吐き出す。柔らかな手が、勃起したペニスを握ったのだ。

(嘘だろ?)

だが、彼女は平然とした面持ちで、手にした武骨な器官を眺めている。それも、興味深げに。

「ま、真沙美ちゃん、駄目——」

腰をよじって逃れようとしても、中心をしっかり捕まえられているために動けない。じんわりと広がる快さも、抵抗する気持ちを弱めた。

「これ、すごく硬いね」

握り手がゆるゆると上下する。

「あ、ああっ」

悦びが急角度で高まり、弘志は抗うすべもなく喘いだ。強ばりの中心を、早くも熱いものが伝うのを感じながら。

「お義兄さん、すごく元気。高熱でダウンしてたなんて信じられない」

厭味というよりは感心した口振りで、真沙美が言う。それから、納得した面持ちでうなずいた。

「これじゃあ、昼も夜もお姉ちゃんとエッチしたくなるのも無理ないね」

三日も前のことを持ち出されて、顔をしかめる。それでは性欲魔人のケダモノみたいではないか。

とは言え、一日に二度も妻を抱いたのは事実だから、反論できない。おまけに、今も義妹の手の中で、牡器官を膨張させているのである。

自身の浅ましさが嫌になる。こんなことで教育者を名乗る資格があるのかと、自らを問い詰めたい思いにも駆られた。

3

「ねえ、オチ×チンがダメになってないか、調べてみたほうがいいんじゃない？」

真沙美の唐突な提案に、弘志は目をしばたたかせた。

「え、調べるって？」

「ほら、男のひとが高熱を出すと、タマタマの中の精子が死んじゃうって言うじゃない。そのせいで子供ができなくなっちゃうとか」

その話は弘志も聞いたことがある。陰嚢にシワが多いのは、ラジエーターのように熱を逃がすためであるとも。

「だから、ちゃんと精子が出るかどうか、チェックしたほうがいいよ」

言われて、そうかもしれないと思いかけたものの、

（いや、それって、ペニスを弄ぶためのロ実じゃないのか？）

義妹の意図を推測して眉をひそめる。勃起を手にしたことで興味が湧き、義兄のエキスが飛び散るところを見たがっているだけのような気がした。

勃起能力に問題がなければ、射精は可能なはず。それに、顕微鏡でも使わなければ、精子がちゃんと運動しているかどうかなんてわからないだろう。

（恥ずかしいところを全部見られたのに、ザーメンまで搾り取られたら、一生頭が上がらなくなるぞ）

彼女がこれをネタに脅してくるとか、阿漕な真似をするとは思えない。それでも、これまでどおりの関係を保つのが難しくなる。

よって、そんなことをさせるわけにはいかない。

「いや、そういうのはあとで、自分でするから」

「え、自分で？　お義兄さんって、オナニーするの？」

露骨すぎる単語を口にされ、弘志は狼狽した。

（何てことを言うんだよ！）

姉夫婦の性生活に意見し、今も義兄のペニスをためらいもなく握るなど、真沙美は性的なことにタブーを感じないようだ。だからと言って、そこまで大胆な質問をするとは信じられなかった。

「ていうか、自分でするぐらいなら、お姉ちゃんにしてもらえばいいじゃない。生理でエッチできないときとかも」

実際、そうしているのだが、本当のことなど言えるはずがない。それに、結婚後のオナニーも皆無ではなかったし、不用意な発言をして、あれこれ追及されても困る。

そのため、弘志は押し黙るしかなかった。すると、

「まあ、今はせっかくだから、あたしがしてあげるよ」

真沙美がニコッと白い歯をこぼす。愛らしい笑顔にときめかされたため、彼女が言ったことの意味を理解できなかった。

「——え？　あ、ちょっと」

弘志は焦り、腰をガクガクと揺すり上げた。屹立を握る力が強まったばかりか、大きく上下しだしたのである。

(まさか、本当にこのまま射精させるつもりなのか？)

彼女の意図を察して蒼ざめる。そんなことを受け容れてはならない。いくら義理の妹であっても、妻への裏切りになるからだ。

いや、まったくの他人からされる以上に、許されない行為である。

「駄目だよ、そんなことしちゃ」

弘志は手をのばし、真沙美の手首を摑もうとした。ところが、即座に払いのけ

られてしまう。

「病人はおとなしくしてなさい」

いや、病人にこんなことをするのは許されるのかと、喉まで出かかった反論を呑み込む。それこそ熱が下がったばかりで、からだが本調子ではないためか、強く出られなかったのだ。

(真沙美ちゃんには、そんなに特別なことじゃないのかも)

股間まで清めた延長で、ちょっとしたサービスのつもりではないのか。事実、少しも悪びれている様子がない。

だとしても、まだ学生の彼女にとって、自分は保護者同然なのだ。本来なら咎め、たしなめるべきだと、もちろんわかっている。

なのに、されるままに身を任せてしまう。彼女の施しが快く、抵抗するのも面倒だし、最後まで導かれたくなったのだ。

(べつに、おれがしてくれって頼んだわけじゃない。真沙美ちゃんが好きでしてるんだから——)

身勝手な弁明をして、この状況は許されるのだと自らを納得させる。

とにかく、さっさとほとばしらせればいいのである。そうすれば納得するのだから。

ところが、彼女はすんなりと射精させるつもりなどなかったらしい。

「ねえ、お姉ちゃんって、お義兄さんにフェラしてあげてるの？」

夫婦生活に関する突っ込んだ質問に、弘志はまたも動揺した。

「な、なに言って――」

「お姉ちゃん、お義兄さんと付き合うまでバージンだったし、お口でする経験はなかったわけじゃない。だから、どうしてるのかなと思って」

母親代わりでもあった姉に、ずっと彼氏がいなかったのを真沙美は知っていた。ならばセックスも未経験だと決めつけるのも当然だろう。実際、麗子は弘志が女にしたのだ。

それに、真面目な彼女が、恋人でもない男と性的な戯れを持つはずがない。フェラチオも慣れていなかったし、間違いなく弘志が初めてだったのだ。

しかし、そんなことまで暴露する必要はない。

「夫婦のプライバシーに関わることを話すつもりはないよ」

きっぱり告げたものの、

「同居する家族になら知られてもかまわないでしょ。実際、エッチしてるときの声も聞かせたんだし」

自らの失態を持ち出され、反論できなくなる。

「まあ、でも、話さないってことは、してるってことだもんね。してないのなら、そう言うだろうし」

事実を指摘され、弘志はますます追い詰められた気になった。妻の妹に、手玉に取られているも同然であったろう。

そんな義兄の心境を、真沙美は見抜いたようである。もはや何をしても抵抗できないのだと。

「フェラもされてるのなら、手だけじゃ物足りないよね」

思わせぶりにうなずくなり、彼女が顔を伏せる。手にした牡器官の真上に。

「あっ」

焦って腰をよじろうとしたものの、中心にそそり立つものを握られていては動けない。赤く腫れた粘膜部分に、チュッとキスをされてしまった。

「むふっ」

ほんの軽いふれあいだったのに、甘美な電流が体幹を伝う。おそらくそれは、背徳感から生じたものであった。

（まずいって、こんなの――）

　思うだけで言葉に出せない。心はともかく、肉体が歓迎していたためだ。

「ふふ、お義兄さんのオチ×チンにキスしちゃった」

　無邪気な発言に、理性が根っこから揺さぶられる。年上の男を翻弄する彼女は、まさに小悪魔であった。

「いっぱいペロペロしてあげるね」

　張り詰めた粘膜を、真沙美がくすぐるように舐める。快感そのものは決して大きくないのに、腰の裏が無性にゾワゾワした。

　いかにも経験豊富なように振る舞っていたわりに、技巧そのものは子供っぽい。アイスキャンディーでも舐めるみたいな、変化のない舌づかいだった。

（大口を叩いたわりに、そんなにしたことがないみたいだぞ）

　少なくとも、まだ慣れていない麗子のほうが、ずっと上手である。口ほどにもないとはまさにこのことだと、弘志は安心した。そんなにしたいのなら、好きにやらせておけばいい。

　しかし、その判断が大きな間違いであったことに、間もなく気づかされる。

　小刻みに動く舌が、亀頭からくびれへと移る。敏感な段差を二周、三周と、何度も辿ったのである。

「むう」

弘志は呻き、身を震わせた。根元をしっかりと握られた屹立が、ビクッ、ビクンとしゃくり上げるみたいに脈打つ。

見れば、いつの間にか鈴口から溢れたカウパー腺液が、ツヤツヤした粘膜に透明なスジを描いていた。

「すごいね。こんなにガマン汁が出てる」

卑俗な言葉を口にして、真沙美がにんまりと笑う。義兄がかなりの快感にまみれているとわかったのだ。それから、もっと気持ちよくなりたいと熱望していることも。

(ああ、もう)

弘志は焦れていた。情欲のエキスがふつふつと煮えたぎり、外に出たいと暴れ回る。一刻も早く射精して、楽になりたかった。

ところが、真沙美はくびれを味わい終えると、今度は筋張った肉胴を下から上へと舐め上げた。ベロを小刻みに震わせながら。

「ううう」

鼠蹊部が甘く痺れ、目の奥に白いものがパッパッと散る。そのまま頂上まで導かれるような強い刺激ではないのに、どうしてこんなに感じるのか。気がつけば膝を曲げ伸ばしして、爪先でベッドカバーを引っ掻いていた。

（早くしゃぶってくれ）

弘志は心から願った。義妹である女子大生の温かな口内に分身を収められ、舌を絡みつかされながら強く吸引されることを。そうすれば、たちまち頂上へ向かうに違いない。

そもそも射精させるために、彼女はこれを始めたはず。なのに、そんなつもりはまったくないとばかりに、ただ舌を這わせるのみだなんて。

（おれを焦らしてるのか？）

早くイカせてほしいとねだるのを待っているのか。

もちろん、そんなことは口が裂けても言えない。年上として、それから義理の兄としてのプライドがある。

ペニス全体に、清涼な唾液がまぶされる。真沙美はようやく顔をあげ、「ふう」と息をついた。

「脚を開いてちょうだい」

言われて、弘志は即座に従った。いよいよ本格的にしゃぶってもらえると思ったのである。

しかし、予想は覆された。彼女が次に口をつけたのは、牡の急所だったのである。

(え、まさか!?)

そんなところを舐められるとは夢にも思わず、弘志は狼狽した。

「ちょっと、何やって――」

やめさせようとして身を起こしかけ、再び後頭部を枕に戻したのは、ムズムズする快さに力が抜けたからだ。

(嘘だろ……)

シワと縮れ毛にまみれたフクロを舌が這い回る。綺麗に拭かれたあとでも罪悪感を覚えたのは、見た目が清潔感に欠けるためだ。

だが、真沙美は少しも躊躇せず、すべてのシワを辿っているかのよう。気持ちいいというよりはくすぐったく、弘志は身をよじった。

それでいて、勃ちっぱなしのペニスはもっとしてくれとばかりに小躍りするのである。透明な欲望汁を滴らせて。

彼女は尖らせた舌先で、太腿と陰嚢の境界部分も舐めくすぐる。そこも蒸れて汗や匂いが溜まりやすいところであり、申し訳なくてたまらない。なのに、悦びがどんどん増しているようなのだ。

(おれは変態になっちまったのか?)

義妹に陰部を舐められて、あやしい愉悦に身悶えするなんて。

喪服の妻に昂奮し、あられもない匂いの虜になってから、おかしくなったのだろうか。いや、元妻の淫臭にもそそられたし、もともと素養があったのかもしれない。聖職者の身でありながら。

教師失格だと自らを責めつつも、弘志は分身を雄々しく脈打たせた。ふくらみきった亀頭は熟れすぎたミニトマトのようで、軽く圧迫しただけでパチンとはじけそうだ。

「ふう」

顔を上げた真沙美がひと息つく。その面差しは、二十一歳の大学生とは思えないほどに大人びて、女の色香が溢れていた。

「ふふ。ガマン汁がさっきよりもたくさんこぼれてる」

肉胴に粘液の筋をいくつもまといつかせた牡のシンボルに、彼女が目を細める。

ほころんだ口許を目にするなり、猛るモノをそこへぶち込みたい衝動に駆られた。

「もう限界みたいだから出させてあげる。あたしのおクチでね」

いよいよしゃぶってもらえるのだ。弘志は無意識に腰を浮かせていた。蠱惑的な唇に届けとばかりに。

「だけど、フェラしてるところをお義兄さんに見られるのは、ちょっと抵抗あるんだよね。オチ×チンを口に入れると、ヘンな顔になっちゃうから」

こんな状況でも年頃の娘らしく、見た目を気にかけるとは。自分がしゃぶっているところを、鏡で見たことがあるのだろうか。

（まさか、男に動画を撮らせて――）

淫らな奉仕をスマホか何かで撮影され、あとで見せられたのだとか。そこまでさせる相手がいたのかと勝手に想像し、胸がチリチリと焦がれる。

それでも、今はとにかく咥えてもらいたかった。

「だったら、目をつぶってるよ」

提案しても、真沙美は受け入れなかった。

「ダメよ。お義兄さんはエッチだから、絶対目を開けるに決まってるもん」

悪戯っぽい眼差しで断定され、反論できなくなる。事実、そのつもりだったからだ。

「だから、こうしてあげる」

腰を浮かせた彼女が、身を翻して胸を跨いでくる。スカートに包まれたヒップを、義兄の顔の前に差し出すようにして。

「え？」

何が起こったのかと、弘志は混乱した。

おしりで視界を遮り、男根を頬張るところ見られないようにしたのか。とりあえずそう解釈したものの、真沙美がスカートをたくし上げ、ピンク色のパンティをまる出しにしたのである。

やはり姉妹だから体形が似るのか、女子大生の丸みもボリュームがあった。光沢のある薄布が伸びきり、臀裂の谷がわずかに透けている。アウターに響かないようレースの施された裾からも、お肉の一部がはみ出していた。

そのため、眼福の光景につい見とれてしまったところ、

「んぷっ」

柔らかなものでいきなり顔面を塞がれ、弘志は反射的に抗った。けれど、濃厚なチーズを思わせるかぐわしさが鼻腔に流れ込み、からだがフリーズする。

「おとなしくしててね」

義妹の声にも、何も反応できない。確かなのは、彼女が顔面騎乗をしてきたことのみであった。

本当に見られないようにするため、あるいは騒がれないようにするための措置だったのかもしれない。だが、下着越しとは言え、秘部にこもる正直な匂いを嗅がされた弘志は、これも性的なサービスの一環なのだと思った。

(これが真沙美ちゃんの、アソコの匂い——)

妻のそれと似通っているようながら、違いもある。ケモノっぽいナマぐささはそれほど強くなく、乳製品の趣が強いようだ。勤務先で、高校生の少女たちが振り撒く乳くさい体臭を嗅ぐことも多いが、それに近いと感じた。

おかげで、罪の意識がふくれあがる。

(まだ大学生の子に、いやらしいことをさせているんだぞ)

いくらか取り戻した理性も、すぐさま弱められる。真沙美が屹立の先端を口に入れたのだ。

「むふぅ」

息がこぼれ、パンティのクロッチを蒸らす。熱さを感じてか、彼女が尻をモゾつかせた。

それにより、鼻面がいっそう陰部にめり込む。ほんのりと湿ったところに。

(ああ、すごい)

いっそう濃密になった恥臭に、弘志は頭がボーッとしてきた。感動していたのは確かながら、鈍い頭痛もある。からだも妙に火照るから、また熱が上がってきたようだ。

いくらか快復したのは確かながら、素っ裸であれこれされているのだ。汗を拭かれて肌が冷えたたし、症状がぶり返すのは当然であろう。

だからと言って、やめてくれとは思わない。もはや射精しないことには治まりがつかないまでになっていた。

そして、その瞬間は刻一刻と近づきつつある。

「む、ん……ンふ」

真沙美が熱心に吸茎する。亀頭やくびれに、舌をねっとりとまといつかせて。頭も上下させ、すぼめた唇でサオをしごいてくれた。

おかげで、頂上に至るのに時間はかからなかった。

「ま、真沙美ちゃん、出るよ」

爆発を予告しても、フェラチオは続けられる。若尻が顔に密着して、声がくぐもっていたから聞こえなかったのか。

しかし、パンティに包まれた臀部をぺちぺちと叩いて合図しても、口ははずされなかった。

(まさか、口に出させるつもりなのか?)

そんなことはさせられない。同居する義妹の口内を、青くさいザーメンで穢(けが)そうものなら、これからどんな顔をして接すればいいのか。

病気で体力を奪われ、発熱で思考もままならないまま、弘志はどうにか忍耐を振り絞ろうとした。ところが、真沙美の手によって努力を無にされる。牡の急所を、慈しむように揉まれたのだ。

「むうううぅ」

快い刺激がオルガスムスを呼び込む。鼠蹊部が甘く痺れ、もはや射精を阻止するのは不可能だった。

「むはッ!」

喘ぎの固まりとともに、随喜のエキスがほとばしる。びゅるッ、びゅるッと、かつてないほどの勢いで。焦らされていたぶん快感も著しく、脳が蕩けるようであった。

「む、うっ、うう」

呻きながら腰をはずませ、ありったけの精を放つ。揉まれ続ける陰嚢から、すべての子種が失われる気すらした。

その間、真沙美はペニスを咥えたまま、次々と溢れる粘っこいものも、舌で巧みにいなしていたらしい。同時に、口許からはみ出した筒肉も指の輪でしごくという、念の入れようであった。

性感曲線が下降して、代わりに気怠さが全身を包む。なのに、射精して過敏になった亀頭をしつこく舐められて、からだのあちこちが感電したみたいにわなないた。

ようやく真沙美が離れる。ぐったりと手足をのばした弘志であったが、顔を覗き込まれて狼狽した。

「あ、あの、ごめん」

反射的に謝ったのは、口に青くさい体液を注ぎ込んだのを思い出したからだ。

「え、何が?」

彼女がきょとんとした顔を見せたものだから、ますます居たたまれなくなる。

けれど、あることに気がついて、それどころではなくなった。

「おれの、飲んだの？」

真沙美はザーメンを口から出さなかったのだ。

「うん。年のわりに、けっこう濃かったよ。すごくドロドロしてて、味は甘じょっぱい感じ？」

そんな品評まで加えられ、情けなく顔を歪める。露骨な発言で辱められたような気もしたから、

「吐き出せばよかったのに」

と、恨み言みたいに告げてしまった。

「それってティッシュに？そんなことしたら、お姉ちゃんにバレちゃうじゃない。ゴミ箱に匂いが残って」

リビングでの一件をまたも持ち出されては、何も言えなかった。

「でも、よかったじゃない。男性機能に支障はないみたいだから。これなら、またお姉ちゃんを満足させてあげられるね」

能天気な励ましも、素直に喜べない。厭味ではないのだろうが、からかわれているのは間違いなかった。

（こんな年下の子を相手に、おれってやつは……）

弄ばれて射精し、精液も飲まれたのだ。本当に、これからこの子の前で、どんな顔をすればいいのだろう。

「ていうか、支障がないどころか、元気すぎるぐらいだけど」

「え？」

何のことかと訝りつつ、彼女の視線を追って下半身を確認した弘志は目を疑った。たっぷりと放精したはずなのに、分身は未だ臨戦状態を保っていたのだ。

「お義兄さん、やっぱり元気すぎるよ」

唾液に濡れた屹立を、真沙美がためらいもなく握る。いっそう膨張した器官に鈍い痛みを感じて、弘志はだらしなく呻いた。

4

真沙美が濡れタオルで股間を清めるあいだも、ペニスはおとなしくならなかった。まだし足りないとばかりに脈打って、鈴口に薄白い粘液まで滲ませる。

「これじゃあ、もう一回出さないとダメみたい」

あきれた口調で言われても、弘志はどうでもいいという心境だった。射精疲れとぶり返した症状のせいで、何をするのもされるのも億劫な気分だったのだ。

(いいから、もう寝かせてくれよ)

それが偽らざる本音であった。ところが、

「ま、しょうがないか。乗りかかった舟だもの」

そう言って、腰を浮かせた彼女が、今度はスカートを脱いだのである。

(まだ何かするつもりなのか?)

おそらく、牡の性器が萎えないことには納得しまい。だったら、手でも口でもいい、さっさと抜いてくれ。

品のない要求を胸の内で告げた弘志であったが、真沙美が桃色の下着まで若尻から剝き下ろしたのには、さすがに驚愕を隠せなかった。

ナマ白い下腹部に逆立つのは、短くて淡い縮れ毛だ。黒々とした麗子の叢とは異なっており、そこは姉妹でも異なる遺伝子を受け継いだと見える。

だが、そんなところまであらわにしたということは、

(ひょっとして、おれとセックスするのか!?)

それだけは絶対に駄目だと思っても、口もからだも動かない。頭痛も酷くなり、

いよいよ病状が悪化したらしい。

それなのに、股間の分身だけは勢いをアピールする。具合が悪いなんて訴えても、真沙美は本気にしないだろう。

すると、下半身を晒した彼女が、こちらを見おろして笑みを浮かべた。

「エッチすると思った？」

明らかに面白がっている顔つき。では、そこまでするつもりはなかったのか。

弘志は安堵しつつ、心の隅っこで落胆も覚えた。

「あー、でも、どうしよっかなあ」

はぐらかす台詞を口にして、真沙美が握った屹立の真上に顔を近づける。またフェラチオをするのかと思えば、口許をもごもごさせたのち、泡交じりの唾液を垂らした。

「う――」

ナマ温かな液体が牡茎を伝い、背すじが震える。感じたというより、背徳的な後ろめたさがあったのだ。

強ばりをしごいて自身の唾を塗りつけ、真沙美が腰に跨がってくる。騎乗位で交わる体勢だ。やっぱりするつもりなのかと、心臓がバクバクと音を立てた。

　そして、腰が落とされる。

「あうっ」

　ペニスをぴっちりと包まれる感触に、弘志は呻いた。てっきり、膣内に入り込んだのかと思えば、

「エッチしちゃうのはマズいよね。お義兄さんが、お姉ちゃんを裏切ることになっちゃうし」

　朗らかに告げられて、早合点だと気がつく。彼女は反り返った肉棒の上に坐り込んでいたのだ。女芯を筋張った胴体にぴったりと密着させて。

（え、濡れてる？）

　弘志は気づいた。義妹のそこが、唾液とは異なる温かな果汁をこぼしていることに。ペニスを弄びながら、あるいは陰部を男の顔にこすりつけながら、女の部分を疼かせていたというのか。

　つまり、彼女自身も快感がほしくなって、こんなことを始めたのだ。

「じゃ、キモチよくしてあげるね」

　真沙美が腰を前後に振る。濡れた恥割れをゴツゴツした強ばりにこすりつけた。

「う、うぅ」

悦びが広がり、否応なく声が洩れる。体調は最悪なのに、感じてしまう自分が情けなかった。

しかし、彼だけが歓喜に喘いでいるわけではなかった。

「あん、キモチいい」

ハッハッと息をはずませる、女子大生の義妹。上半身は着衣のままだから、裸の下半身がやけになまめかしい。

おまけに、敏感なところを休みなく摩擦し続けるのだ。

(これって、オナニーしてるようなものじゃないか)

それも義兄の勃起を用いて。立っているモノは兄でも使えなんてことわざは、なかったはずだ。

もっとも、弘志のほうも快さにひたっていたから、一方的に道具として扱われているわけではない。手や口でされるのとは異なる圧迫感は新鮮で、急速ではなく徐々に高まるようであった。

クチュクチュ……ぬちゃッ——。

こすれ合う陰部が淫靡な粘つきを立てる。最初にまといつかせた唾液はとっくに乾いて、今は女体がこぼす蜜のみが潤滑剤になっているようだ。

つまり、彼女はそれだけの悦びを得ているわけである。

「ああん、お、オマ×コがムズムズするぅ」

真沙美がいきなり卑猥なことを言ったものだから、弘志は心臓が止まるかと思った。今どきの若者がいくら奔放でも、男の前で禁断の四文字を口にするなんて、とても信じられなかったのだ。

ところが、彼女はまったく悪びれることなく、トロンとした目で見つめてくる。

「なんか、挿れたくなってきちゃった」

それがセックスを示唆する発言であると、即座に理解する。

義妹と交わるなんて許されない。フェラチオをされ、精液を飲まれたあとでも、最後の一線を越えてはならないと弘志は思った。仮に真沙美が求めてきても、きっぱり断るべきだと。

けれど、あったはずの強い意志が、いつの間にか消え失せていた。すでにふたりの性器は密着し、摩擦で愉悦も得ているのだ。膣に挿入するかしないかなんて、ほんの些細な違いでしかない。

あるいは真沙美のほうも、同じ心境になっているのか。

「ねえ、お義兄さんも挿れたくなってるんじゃない？」

質問の口調ながら、眼差しは《そうだよね》と断定している。見抜かれている気がして、弘志はすぐに返事ができなかった。

いや、何もかも面倒に思えるほど疲れ切っていたため、どっちでもいいと投げやりな心持ちになっていたのだ。

弘志が黙って息をはずませていると、真沙美が小さくうなずく。何もかもわかっているというふうに。

「よし……」

つぶやいてうなずき、彼女は脇にあったタオルを手にすると、横長に畳んだそれで弘志の目を隠した。

「お義兄さん、当ててみて。オチ×チンがオマ×コに入ったかどうか」

股間に乗っていた重みが消える。下腹にへばりついていた分身が、上向きに起こされた。

(え、まさか)

頭がガンガンして、もはや思考停止に近い状態だったのに、亀頭に濡れた熱さを感じてうろたえる。真沙美が再び腰を落とし、自らの中心に屹立の尖端をあてがったのだ。

「あん、ヌルッて入っちゃいそう」

艶めいた声で言い、濡れ割れに穂先をこすりつける。いや、浅くめり込ませているのではなかろうか。

(本当に挿れるつもりなのか?)

それはまずいという思いが、今さらのように湧きあがる。まだ理性は完全に失われていなかった。

「あ、あ、ホントに入っちゃうよ」

体重がかけられ、頭部の半分近くが潤みにはまる。切っ先は明らかに膣口を捉えていた。

そこまでになれば、結ばれたい気持ちが強まってくる。

(キンタマまで舐められて、口の中に射精もしたんだぞ。セックスするぐらい、今さらどうってことないだろう)

すでに妻を裏切っているわけである。だったら、毒を食らわば皿までだ。

「じゃ、しちゃうね」

宣告ののち、腰の上に真沙美が坐り込んだ。

ぬるり——。

分身がすべり、どこかに入り込んだ感触がある。ペニス全体が、何かにぴっちりと包まれているようだ。

(おれ、真沙美ちゃんとセックスしたのか?)

途端に、後悔と罪悪感がふくれあがる。それだけは避けるべきだったのにと、もうひとりの自分が今さらのように責めてきた。

重みをかけるヒップが前後に動く。敏感な部分をこすられて、弘志は抗いきれずに喘いだ。

すると、

「ねえ、わかる? あたしたち、エッチしてるかどうか」

真沙美がなおも質問をぶつけてきたのである。

(え、それじゃ――)

まだ挿入していないのだろうか。もしも本当に結ばれたのなら、そんなことは訊かないはずだ。視界を奪われているため断言はできないが、感触はさっきの素股と変わらないようである。

やはりからかわれているのだと安堵しつつ、いや、そうとも言い切れないと考えを改める。

（はっきりさせないでおけば、真沙美ちゃんも気が楽なんだよな）

　本当にセックスしたとなれば、姉の麗子に負い目を抱かずにいられまい。夫を奪ったことになるのだから。

けれど、どっちつかずのままにしておけば、本当に繋がったのだとしても、やっていないと誤魔化すことができる。それは弘志も同じことで、妻に罪悪感を持たずに済むのだ。

　その一方で、本当はどうなのか確かめたい気持ちも湧いてくる。目隠しのタオルを取って頭をもたげれば、ペニスの有り様がわかるのではないか。だが、もしも挿入していたら、義妹と交わった罪悪感を今後も抱き続けることになる。たとえ、不可抗力的に結ばれたのだとしても。

（いや、止めようと思えば止められたはずなんだ）

からだが動かずともきっぱり拒めば、真沙美だってここまで調子に乗らなかっただろう。股間を拭かれたあたりから、自分が曖昧な態度をとっていたために、こういうことになったのである。

「ああん、オマ×コがキモチいいっ」

淫らなよがり声が寝室に響く。それが敏感な部位をこすられてのものなのか、それとも蜜穴を抉られてのものなのか、判断がつかなかった。

そして、怖くて確認できない。

教壇に立ち、生徒たちに人生を説く立場にありながら、なんて情けないのだろう。自己嫌悪にも苛まれ、弘志はますます自暴自棄になった。このまま病気が悪化して、死んでしまえばいいのだとも思った。

そのとき、あることに気がついてギョッとなる。

ペニスに与えられる感触は一定ではなかった。濡れたものでこすられているのは間違いないが、ときおりヌルッと狭いところに入り込む感覚があったのだ。

(これ、間違いなく入ってるんじゃないか?)

ずっと挿れっぱなしなのではなく、女芯に当たる角度によって、強ばりが膣へ侵入している気がする。かなり濡れていたから、意識してそうしようと思わなくても、ほとんど事故みたいに結合が遂げられた可能性がある。

とは言え、真沙美には牡を受け入れたとわかるはずである。セックスしたくないのなら、入らないように気をつけるだろう。

なのに、彼女は意に反した状況になっているなんて態度は示さない。切なげな喘ぎをこぼすのみだ。

ヌルッ……ヌルッ――。

猛る秘茎が何度も狭まりに嵌まる。その度に「あんッ」と、なまめかしい声が高くなった。

（いや、これも罠かもしれない）

弘志は考えた。たとえば指で筒をこしらえ、そこに強ばりが入るように仕向け、膣に挿入したと錯覚させているのではないか。

（きっとそうだ……そうに決まってる。おれが焦るのを見て喜んでいるんだ）

そう決めつけたのは、義妹と関係を持った罪悪感から逃れるためであった。許されない行為に及んだ事実から、目を背けさせたかったのだ。

もっとも、本当のところは真沙美にしかわからない。

何も考えたくなくなって、弘志はひたすら受け身で時間をやり過ごした。熱もかなり上がっているようだったし、全身が怠かったせいもある。

それでも、分身は硬いままだったし、性感も上昇した。

「あ、もう」

その瞬間が迫り、さすがに口を開く。予告無しに射精して、妊娠させる事態に陥ってはまずいからだ。

「イッちゃうの？」

真沙美が息をはずませながら確認する。弘志は小さくうなずくので精一杯だった。

「いいよ。オマ×コの中に出しちゃって」

この返答には、さすがにギョッとした。やはりペニスは膣に入っているのか。

（いや、そう思わせているだけなんだ。きっと）

自らに言い聞かせ、気にしないことにする。完全に逃げの姿勢であった。

すべての責任は、こんなことを始めた真沙美にある。何度もたしなめたのに、行為をエスカレートさせたのは彼女なのだ。自分は悪くない。

大人として、それから教職にある身としても、未熟な若者を正しい道に導く義務がある。弘志は常日頃からそう考えていた。未成年淫行は相手をした少女の罪も問うべきだという意見に対しても、すべては大人に責任があると、真っ向から反論してきたのである。

なのに、今や正しい方向に導くどころか、自堕落な澱（よど）みへと流されていた。

（あ、出る――）

頭痛が酷くなり、ズキッ、ズキッと鋭い痛みが走る。ひょっとして血管でも切れるのかと恐怖を覚えたとき、鈍い快感が下半身を気怠くさせた。

「ううう」

呻いて射精する。感覚があまりなくて、どれぐらい出たのか、どこに出したのか、皆目見当がつかなかった。

「あん、出てる。オチ×チン、ビクビクって」

真沙美の声が、やけに遠くから聞こえる。いっそ彼女だけが別の世界にいるようでもあった。

だったら、ほとばしったザーメンはどうなったのか。気になったのはほんの刹那で、間もなく弘志は眠りに落ちた。

5

夢を見た。熱にうかされていたためか、やけに悲しい夢だった。

内容の詳細は記憶に残っていない。ただ、何かの手違いか、あるいは自身の過ちからか、愛しい妻を泣かせてしまったのだ。

弘志はうろたえ、彼女を慰めた。けれど、なかなか泣きやまない。責められて何度も謝り、自身もボロボロと涙をこぼした。

それは明らかに、罪悪感が見せた夢であったろう。

（――え？）

常夜灯が照らす薄暗い部屋で目が覚めたあとも、胸に悲しみが燻っていた。今のが夢だったと理解するのにも時間がかかり、そうとわかって心から安堵した。

「起きたの？」

小さな声での問いかけにドキッとする。そばに誰かがいることに、ようやく気がついた。

麗子だった。

「今、何時？」

最初に口から出た問いかけはそれだった。

「八時ぐらいかしら、夜の」

そうすると、六時間ほど眠ったのだろうか。

眠りに落ちる前のことは憶えている。妻の妹に、二度も射精させられたのだ。何てことをしてしまったのかと、呼吸がつらくなるほどに胸が痛んだ。

そんな自分に、麗子はずっと寄り添ってくれたのか。

「おれ、何か言ってた？」

問いかけたのは、夢の内容が蘇ったからである。

「え、何かって？」

「いや、寝言とか。熱にうかされて、妙なことを言ったんじゃないかと思って」

「べつに、そういうのはなかったけど」

現実の妻にまで謝罪していないとわかってホッとする。仮に寝言を口にしたとしても、適当に誤魔化すつもりであったが。

「ずっといたのか？」

「んー、二十分ぐらい？」

「真沙美ちゃんは？」

「バイトよ」

麗子が手を額に当ててくれる。ひんやりして気持ちよかった。

「まだちょっと熱があるかしら」

しかし、ダウンして眠りに落ちる前よりは、かなりマシであった。頭痛もないし、からだもちゃんと動くようだ。

「シャワーで汗を流したいな」

そう言ったのは、真沙美との痕跡が残っている気がしたからだ。全身が汗でじっとりと湿っていたし、股間が特に蒸れている。

「まだ治ってないのに大丈夫なの?」

麗子が心配そうに問いかける。妻の思いやりと優しさに触れ、無性に甘えたくなった。

(おれには麗子しかいないんだ——)

そう思うことで、過ちを帳消しにしようとしたのか。

「汗をかいたままのほうが、病気が悪化しそうだもの。むしろさっぱりすれば、元気になれそうな気がするんだ」

「わかったわ。じゃあ、起きられそう?」

「うん」

からだを起こし、ベッドから降りるときも、麗子は手を添え、からだを支えてくれた。そのまま脱衣所まで付き添ってくれる。

「替えの下着とパジャマを持ってくるわ」

彼女がその場をいったん離れると、弘志は着ているものをすべて脱ぎ、洗濯機に入れた。バスルームに入り、シャワーでざっと汗を流す。

「ふう」

ひと息ついて、ようやく胸のつかえが取れた気がした。

股間はベタついていたものの、それは汗のせいであり、真沙美の唾液や愛液、自らが放出したものは付着していないようだった。事後に後始末をして、下着やパジャマを着せたのだろう。

（……おれ、真沙美ちゃんとセックスしたのか？）

気になるのは、やはりそれだった。高熱と頭痛で思考がまともではなかったし、もしかしたらあれも夢だったのではないかとすら思えた。

事実を知っているのは、真沙美のみである。だが、訊いたところで教えてはくれまい。どっちかしらとはぐらかされるか、そもそもいやらしいことは何ひとつしていないと、すべて否定される可能性もあった。高熱でおかしな夢を見たか、お義兄さんの妄想なんじゃないのと。

弘志自身、あのことは蒸し返したくなかった。いっそ、すべてなかったことにしてくれたほうが有り難い。身勝手で都合のいい願いだとわかっているけれど。

「着替え、ここに置くわよ」

麗子の声が聞こえ、現実に引き戻される。弘志は咄嗟に、

「なあ、洗ってくれないか」

と、声をかけた。

「え、洗うって？」

「病み上がりで怠いから、うまくできないんだ」

返事はなかったが、ためらうような気配が伝わってきた。

「……だから無理しないほうがよかったのに」

つぶやくように言い、彼女がため息をつく。間があって、折り戸が開けられた。

入ってきた麗子は、下着姿であった。淡いグリーンのキャミソールと、黒いパンティ。ブラジャーは着けておらず、薄いインナーに突起が浮かんでいた。

「シャワーで汗を流したんでしょ？」

「うん。だけど、ちゃんと洗わないと気持ち悪い気がして」

「じゃあ、坐って。立ってたらますます疲れるわ」

言われて、弘志は浴用イスに腰掛けた。ボディタオルにソープ液を垂らした麗子が、背後に膝をつく。

背中を優しくこすられると、気持ちよくて「ああ」と声が出た。

「病気になるのもいいものだな」

「こうやって君に世話をしてもらえるんだから」

「どうして？」

「バカね」

なじってから、麗子がポツリと言う。

「病気じゃなくたって、お世話ぐらいしてあげるわよ」

つまり、いつでもこんなふうに、背中を流してくれるというのか。

彼女と入浴したことは、数えるほどしかない。弘志が誘って渋々応じてくれたものの、そのときも湯船につかりっぱなしで、裸体をあまり晒さなかった。もちろん、性的な戯れもない。

やはり喪服での交歓以来、意識が変わったのだろうか。生々しい秘臭を夫に嗅がれ、クンニリングスばかりかセックスでも昇りつめた。その晩も、積極的に応じてくれたのである。

あそこまですれば、一緒に入浴してからだを洗うぐらい些細なことだ。いい傾向だなと、弘志はほくそ笑んだ。

そんなふうに、妻との親密な関係を喜ぶのは、後ろめたい気持ちを隠すためでもあったろう。真沙美とのことを忘れるには、麗子と仲睦まじくするのが一番である。

背中を洗い終えるのを見計らって、弘志はからだの向きを変えた。

「え？」

困惑した面持ちの妻と向かい合う。

「前も洗ってほしいんだけど」

「もう」

麗子は顔をしかめつつも、夫に甘えられて満更でもない様子だ。腕を取り、手のひらからタオルでこすり始めた。

肩から胸、腹へと移動し、股間は飛ばして脚を清める。足指の股にもタオルを入れる念の入れようで、くすぐったさに身を縮めながらも、真沙美のことを思い出した。まったく同じことをされたからだ。

そのせいで、淫らな奉仕の記憶まで蘇る。海綿体が血液を集めた。その部分は垂れた泡で隠れていたが、正面にいる麗子には変化が丸わかりだったろう。

「え？」

両脚を終えたところで、疑問の声を洩らす。牡のシンボルが水平近くまで持ちあがっているのに気がついたようだ。

彼女はボディタオルを脇に置くと、何も言わずに夫のペニスを握った。

「うう」

快さに呻き、弘志は浴用イスの上で尻をくねらせた。

しなやかな指が秘茎全体をこする。清めるというより、愛撫の手つきで。もう一方の手も添えられて、真下の急所を優しく揉み洗いした。

おかげで時間をかけることなく、分身は力を漲らせた。

「よかった……」

麗子のつぶやきを、弘志は聞き逃さなかった。

「え、何が？」

「ほら、男のひとって高熱を出すと、ここがダメになるって言うじゃない」

気にすることも妹と一緒だ。だからと言って、仲がいいとほほ笑ましく思うわけではない。ふたりを天秤にかけているようで、罪悪感が募った。

真沙美の場合は、弘志から手を出したわけではない。けれど、きっぱりと拒むことなく、欲望に負けて受け入れたのは、こちらから求めたも同然だ。

そんないい加減な気持ちは断ち切り、妻ひとりを愛するべきである。

「もうちょっとさわってくれないか」

頼むと、麗子は迷いを浮かべつつ、指を屹立にすべらせた。

「あと、下のほうも」

「ここ?」

玉袋もさすられ、うっとりした快さにひたる。

脈打つ秘茎は頭部の膨張が著しく、鈴割れから透明な雫をこぼす。粘膜に付着していた泡が溶かされ、赤い地肌を覗かせた。

「すごく硬いわ」

漲り具合を指の輪で確認し、手にしたモノを濡れた目で見つめる妻。パンティに包まれた艶腰が揺れ、男をほしがっているかに見えた。

だったら、夫として望みを叶えるべきだ。

「ちょっとだけ挿れさせてくれないか」

繋がりを求めると、麗子が肩をビクッと震わせる。何のことかわかったはずなのに、

「……挿れるって?」

と、わざわざ訊き返した。

「君としたいんだ」

面差しに赤みが差す。逞しい脈打ちを手にして、彼女もその気になっていたのだ。ところが、

「ダメよ」

首を横に振って拒んだ。

「どうして？」

「ちゃんと治っていないのに、無理をしたらまた悪くなるわ」

夫を気遣って、身を引く決心をしたようだ。

「無理なんかしないよ。本当にちょっとだけなんだ。挿れたら安心して、よく眠れるはずだから」

「そんなの――」

言いかけて、麗子が口ごもる。挿入してすぐおしまいなんて中途半端すぎるし、するのなら最後までしてもらいたいのではないか。あとでからだが疼いて困るのは彼女なのだから。

しかし、無理をさせられないと口にした手前、過度な行為は控えねばならない。

「しょうがないわね」

渋々というふうにうなずいた彼女を立たせ、浴槽の縁に摑まらせる。たわわな

ヒップを突き出させると、すぐさまパンティを引き下ろした。

「あぁん」

羞恥の嘆きを無視して脚を開かせ、中心に顔を埋める。交わる前に、しっかり濡らす必要があった。

それは麗子も承知していたはずながら、不意に気がついて丸みをくねらせた。

「待って、シャワーを」

一度正直な恥臭と味を知られたあとでも、抵抗があったらしい。もちろん弘志はそんなことを許さず、淫らなパフュームに陶然となった。

(ああ、麗子の匂いだ)

このあいだほど蒸れてはいないが、一日分の汗や分泌物が、鼻奥をツンと刺激する。拭き残しらしきオシッコの残り香も好ましい。

すでに湿っているかに感じられる秘叢の奥に、弘志は舌を差し入れた。

「くうぅっ」

麗子が呻き、尻の谷をキュッとすぼめる。軽く舐めただけで感じたようだ。

(あれ?)

舌先に糸を引く感触がある。花びらの狭間に、粘っこい蜜が溜まっていたのだ。

妻がすでに濡れていたとわかり、弘志は嬉しかった。愛情の証明であり、ふたりの絆がそれだけ強いのだと信じられた。

これなら大丈夫。夫婦のあいだに入り込める者はいない。たとえ愛らしい女子大生であっても。

自らに言い聞かせ、女芯を慈しむようにねぶる。感じるところを狙って舌を躍らせれば、「あ、あっ」と鋭い声がバスルームに反響した。

「ね、ねえ、そのぐらいでいいから」

麗子が息をはずませて急かす。やはり洗っていないから、長く舐められたくないのだろう。それとも、早く逞しいモノで貫かれたいのか。

そもそもの目的を思い出して、弘志は妻尻から離れた。立ちあがって反り返る肉槍を前に傾け、逆ハート型のヒップの切れ込みへあてがう。

クチュクチュ……。

濡れた園を穂先で探る。こすれ合う粘膜同士が淫靡な音を立て、熱さも伝わってきた。

「は、早くして」

麗子がせがむ。夫のからだを気遣いつつ、彼女自身も繋がりたくなっていると見える。

「挿れるよ」

声をかけ、弘志は真っ直ぐ進んだ。丸い頭部が狭い入り口をこじ開け、ずむずむと侵入する。

「はあッ」

のけ反って喘いだ麗子が、豊臀を震わせた。

(ああ、入った)

ぴっちりと包み込まれる感触に、この上ない歓びを感じる。インフルエンザでダウンする前の晩も交わったのに、久しぶりのセックスだという気がした。

受け入れたものを確認するみたいに蜜穴がすぼまる。甘美な締めつけは居心地がよく、いつまでもこうしていたかった。

「も、もういいでしょ」

麗子が息をはずませながら言う。夫がちょっとだけと約束したのを、忘れていなかったのだ。

けれど、本当にちょっとだけで済ませられるはずがない。

「もうちょっと」

弘志はもっちりした妻尻を両手で支えると、漲りきった分身を出し挿れした。最初はゆっくりと。徐々にスピードを上げて。

「あ、あ、ああッ、だ、ダメよぉ」

たしなめながらも、快感には抗えない様子。間もなく麗子も本格的に応じて、喜悦の声を張りあげた。

「ああっ、あ、気持ちいい……あなたぁ」

熱く蕩ける内部を味わいながら、ふたり同時に果てるまで、弘志は腰を振り続けた。

第三章　パンティの縮れ毛

1

　真沙美の態度に、以前と変わったところはない。相変わらず明るくて、学業とバイトの両方を頑張っている。

　それだけに、弘志は忸怩たるものがあった。

（おれはこの子に、あんないやらしいことをさせたんだ）

　高熱に浮かされた夢だったと、何度も思い込もうとした。

　けれど、それはかなり無理がある。少なくとも、からだを拭かれたときは快復傾向にあったのだ。また、最初の射精のときに味わった狂おしいまでの悦楽を、忘れるなんてできない。

いっそ、真沙美に責められたほうが、気が楽だったかもしれない。義理の妹にいやらしいことをされて歓ぶなんてと、罵られたほうがまだ対処のしようがある。二度としないと平身低頭謝罪し、どんな罰でも受けると反省を示すのだ。ただひとつ、麗子にだけは言わないでほしいと頼み込んで。

罪悪感と、責めを受ける覚悟があるだけに、何事もなかったように振る舞われるのはかえってつらい。それこそ針の筵に坐らされている気分だった。

かと言って、蒸し返す勇気もない。真沙美が何も言わないのならそれでいいじゃないかと、逃げの姿勢を保つのみだ。

そんな自分にも自己嫌悪を覚え、ますます罪悪感が強まるという堂々巡り。義妹同様、何でもないフリを装いつつ、弘志の心は乱れていた。

唯一の救いは、妻との関係が良好だったことである。これで麗子に冷たくされようものなら、本当にどうにかなってしまったかもしれない。

もっとも、あの件を知られたら、冷たくされるだけでは済まない。地獄に等しい仕打ちが待ち受けている。

やはり秘密にするしかないのだ。真沙美だって、あれ以来おかしな素振りを見せないということは、ただの気まぐれだったのである。深刻に捉えていないのなら、こちらもそれに合わせよう。

とにかく、二度と過ちは犯すまいと弘志は誓った。


その日、職場の飲み会があって、帰宅したのは午後十一時を回っていた。

「ただいま」

リビングに入ると、シャワーを浴びたあとらしき真沙美が、濡れた髪をタオルで拭いていた。ショートパンツにキャミソールという、胴体以外をあらわにした格好で。

「あ、お帰りなさい」

ふたりっきりでも、笑顔を向けられてうろたえずに済んだ。あれから二週間以上経っていたのと、酔っていたからだ。

「麗子は?」

「たぶん寝てると思う」

夕飯は要らないと言ってあったから、妻がすでに眠っていても不満はない。むしろ、大丈夫なのかと心配になった。

（このところ忙しそうだったんだよな）

先週ぐらいから、麗子は難しい案件を抱えていた。勤めて十年にもなれば、責任ある立場で仕事を任されるのも仕方ない。

ただ、気の優しい彼女が悩んでいるところを見ると、胸が痛んだ。残業こそほとんどなかったが、気苦労はかなりのものだったろう。

さらに、忙しくなる前の時期に生理が重なったため、夫婦の営みはここしばらくなかった。弘志も気遣って求めなかったのだ。

音を立てないよう寝室に入ると、真沙美が言ったとおりに麗子はベッドの中だった。明かりを消していたため顔は見えなかったが、かすかに寝息が聞こえた。

弘志は手探りで着替えだけを取り、寝室を出た。

リビングに真沙美はいなかった。脱衣所のほうからドライヤーの音がするから、髪を乾かしているようだ。

キッチンで水を飲み、ソファーに腰掛けてくつろいでいると、しばらくして義妹が戻ってきた。

「お姉ちゃん、寝てた？」

「うん。きっと疲れてるんだよ」

「仕事のほう、大変そうだものね」

事情をわかっているようで、真沙美も神妙な面持ちでうなずいた。

「真沙美ちゃんも、今日もバイトだったんだろ？　あまり無理をするんじゃないよ」

「ああ、あたしはだいじょうぶ。まだ若いもん」

いかにも元気いっぱいというふうに答えた女子大生が、ふと真顔になる。

「あたしなんかより、お義兄さんは平気なの？」

「え、何が？」

「お姉ちゃんが忙しいしわ寄せで、お義兄さんも苦労してるみたいだから」

それは普段の生活を心配しての発言だったのかもしれない。夕食も出来合いのもので済まされることが増えたし、細かいところの掃除や片付けまで、麗子は手が回らない様子だった。洗濯物も溜まりがちで、そのあたりは弘志もフォローするよう努めていたつもりである。

ただ、なまじ不適切な関係を持った間柄だけに、ご無沙汰気味の夫婦生活を話題にされている気がしてならなかった。実際、妙にきらめく眼差しが、意味ありげに感じられたのだ。

しかし、深読みして、余計なことを言ってはまずい。

「妻が疲れていたら、夫が助けるのは当たり前だよ。逆に、おれが疲れているときは、麗子だって助けてくれるし」

当たり障りのない返答に、真沙美が不満げに眉をひそめる。やはり、性的な方向に話を持っていきたかったのではないか。

だとしても、その手には乗らない。

「じゃあ、おれ、シャワーを浴びるから」

「あ、うん」

「おやすみ」

「……おやすみなさい」

何か言いたそうな義妹を残し、弘志はさっさとバスルームに向かった。

脱衣所にはドライヤーを使った名残の、乾いた髪の匂いが漂っていた。それから、ボディソープと若い肌の合わさった、甘ったるいかぐわしさも。

自分が帰ってくる前に、妻の妹がこの場所で、一糸まとわぬ姿を晒していたのだ。そう考えると、胸にモヤモヤしたものがこみ上げる。

(――て、何を考えてるんだよ)

飲み過ぎて悪酔いしたのだろうか。平日だから、深酒をしたつもりはなかったのに。

そもそも、真沙美は毎日、ごく当たり前にシャワーを使っているのだ。どうして今さら、そんなことに悩ましさを覚えるのか。

おそらく、帰って来るなり顔を合わせ、意味ありげなことを言われたから、意識してしまうのだ。肩や太腿まであらわな格好だったことを、改めて思い出したためもあったろう。

二度と妙な真似はしないと誓ったのである。邪念は捨て、良き夫、良き親代わりであらねばならない。

（しっかりしろよ）

自らに言い聞かせ、服を脱ぐ。裸になり、ワイシャツやインナー類を洗濯機に入れようとして、手が止まった。

「え？」

思わず声が出る。すでに入っていた衣類の上に、ピンク色の薄物があったのだ。

それがパンティだというのは、すぐにわかった。だからこそ、からだがフリーズしたのである。

（……誰のだ？）

誰といっても、該当者はふたりのみ。そして、自分の前にシャワーを使ったのは真沙美だから、穿いていた主は明白である。

現に、その下にあるのは、彼女がアルバイトのときによく着ているチェックのシャツだった。

（だけど、どうして？）

弘志が疑問に思ったのは、下着がそのまま洗濯機へ入れられているのを見たのが、初めてだったからだ。

麗子も、それから真沙美も、パンティは常に手洗いだ。シャワーや入浴のときにそうしており、生理中は洗面台も使う。ブラジャーは専用のネットに入れて、洗濯機で洗っていた。

元妻が上下ともネットに入れて、洗濯機を回しているのを見たときは、女性は下着を洗うのにも気を遣うのかなと感心した。それだけデリケートな衣類なんだなと。

麗子たちは、さらに徹底していたわけである。バスルームには、下着用の洗剤も置いてあった。ちなみに弘志のものは、他の衣類と一緒に、ネットも使わず洗われている。

それはともかく、どうして今日は手で洗わず、パンティをそのまま洗濯機に入れたのだろう。

（バイトで疲れたから面倒になったのかも）

真沙美なら、そんなことがあっても不思議ではない。普段はちゃんとしているものの、姉に注意されるため仕方なくという部分も垣間見られたのだ。今夜は麗子が先に寝てしまったから、手を抜きたくなったのかもしれない。

理由は何であれ、そこにあるものは弘志にとって、実に興味を引かれる品物であった。

自身の汚れ物を脇に置いて、桃色の下着をそっと手に取る。やけに軽いそれは化学繊維なのか、表面がツルツルしていた。

（あれ、これは）

裾のレース飾りを見て記憶が蘇る。淫らな看病をされた日に目撃した下穿きは、これではなかったろうか。透けてこそいないが、かなり薄いようだし、同じものである気がした。

胸が高鳴る。これを穿いた若尻に顔面騎乗をされたのだ。濃厚なチーズ臭も思い出し、いっそうたまらなくなる。

弘志はパンティを裏返した。

クロッチの裏地には、同色の綿布が縫いつけてある。糊が乾いたような跡の他、中心には生乾きの粘液がべっとりと付着していた。

(まったく、こんなに汚して)

年頃の娘ならば、こういうあからさまな痕跡は、誰にも見られたくないであろう。秘密を暴いたことで、何だか優位に立てた気がした。真沙美には振り回されっぱなしであったから。

同時に、昂りもこみ上げる。

(ここに真沙美ちゃんのいやらしい匂いが――)

染み込んでいるであろうそれを嗅ぎたいと、熱望がこみ上げる。手の中にあるから、すぐにでも叶うのだ。

なのにそうしなかったのは、じっくりと愉しみたかったからである。あられもない秘香を堪能し、ふくらみつつあるペニスをしごいて、気持ちよく射精したかった。

疲れた麗子を気遣って、弘志はオナニーもできなかった。自分で処理などしようものなら、彼女が妻として責任を感じるに決まっているからだ。

かくして欲望が溜まっていたときに、最高のオカズが手に入ったのである。

弘志は洗うものを洗濯機に入れると、義妹のパンティを手にバスルームへ入った。すでに水平近くまで持ちあがっている分身を、上下に揺らしながら。

浴用イスに腰掛け、改めて薄物を観察する。裏返したクロッチの裾部分、ゴムにループ状の飾りが付いたところに、縮れ毛が絡まっているのに気がついた。

(真沙美ちゃんの陰毛だ)

たかが抜け毛なのに、妙にエロチックに感じる。

指で摘まんではずしたそれは、細くて茶色がかっている。麗子の叢は黒々として濃いから、やはりこれは妹のものだ。

試しに嗅いでみたものの、移り香などはない。たった一本ではしょうがないと、弘志は縮れ毛を排水口に落とした。

それから、いよいよ秘臭の探索に移る。

白濁の付着物に鼻先を寄せると、海の生物っぽいナマぐささがあった。顔面騎乗で嗅いだものとは、趣が異なっている。脱いでから時間が経って、匂いの成分が変化したのだろうか。

もっとも、愛らしい女子大生の恥ずかしい痕跡である。生々しいほど昴りも著しく、弘志は完全勃起した。

鼻の位置をずらし、愛液が乾いているところを嗅ぐ。そちらはチーズと汗のミックスという感じか。ただ、かなり淡いものだ。

もっとあからさまな残り香はないかと探せば、クロッチと前布の境界近くにアンモニア臭があった。

弘志は思い出した。あの夜、この場所で麗子にクンニリングスをしたとき、同じものを嗅いだのだ。

毛が濃いと尿がかかって、匂いが残るのだろうと思った。だが、真沙美のように恥毛が薄くても、下着には移り香があるものらしい。ちゃんと拭いてなかった可能性もある。

他にも、腿の付け根にこすれるゴム部分には、ケモノっぽい汗の臭気があった。弘志もそこが湿りがちで蒸れやすいから、若い娘も同じなのだとわかって何だか嬉しくなる。

(麗子はどうなのかな?)

次は女芯ばかりでなく、周辺部分もしっかり嗅いでみよう。

汚れ物の下着を隅々まで調べ、分身を限界までいきり立たせる。我慢できなくなり、弘志はクロッチの裏地が鼻に当たるよう調節して、薄い下穿きを顔にかぶせた。いよいよオナニーを始めるために。

義妹のパンティをマスクにした背徳感と、顔に当たる布のなめらかさが昂りを生む。何よりも、息をするだけで鼻腔に忍び入る、なまめかしい女くささがたまらない。

脚を通すところから目が覗くその姿は、率直に言ってみっともない。人々から確実に変態と呼ばれるであろう。

しかしながら、ここには弘志ひとりだけだ。どんな格好をしようが、咎められる恐れはない。

それでも、洗い場正面の鏡は、なるべく見ないようにした。自身の姿を目の当たりにしたら、現実に引き戻されて萎える恐れがある。

(あ、そうだ)

せっかくバスルームにいるのだからと、ボディソープを手に取る。液体が尿道に入らないよう気をつけて、強ばりをヌルヌルと摩擦した。

「むふぅ」

快さに呻き、淫靡な匂いを吸い込む。左手は陰嚢を揉み、両手で快感を高めた。

（これ、すごくいいぞ）

着用後の生パンティを用いてのオナニーは、初めての経験だ。生々しい残り香に昂奮も著しく、右手の動きが自然と速まる。

弘志は時間をかけることなく頂上へ至った。

（あ、いく）

目の奥に、歓喜の火花が飛び散る。

「ううぅっ」

膝をガクガクと震わせながら、牡の樹液を勢いよくほとばしらせる。これもバスルームだからこそできるのだ。

「ふはっ、ハッ」

呼吸をはずませ、軟らかくなりつつある分身をしつこくこする。ボディソープとザーメンの混じったものが手の中で泡立ち、弘志は蕩けるようなオルガスムスに長くひたった。

（……気持ちよかった）

オナニーだと、射精してすっきりしてもどこか虚しく、百パーセントの満足感は得られない。けれど、今日はもの足りなさを感じなかった。やはり最高のオカズが手に入ったおかげだ。

それでいて、快感が引くことで理性が戻り、何をしていたのかと後悔が頭をもたげる。

(真沙美ちゃんの下着をオナニーに使うなんて……)

本人が知ったら、きっと軽蔑するだろう。こんな変態と一緒に住めないと、家を出るかもしれない。

よって、絶対にバレてはならない。

弘志はまず手を洗い、ボディソープと精液を流した。股間もシャワーでざっと流し、いったんバスルームを出る。

バスタオルで手を拭いたのは、パンティを濡らさないためだ。顔からはずすと、妙なことに使った証拠が残っていないかしっかりと確認した。

それから、洗濯機の中に戻す。自分があとから入れた衣類の下、もともとあったところに。

そこまでして、ようやく安堵した。

(これなら絶対にわからないよな)

もしかしたら、真沙美があとでパンティを引っ張り出すかもしれない。やっぱり手洗いをしようと。

洗濯機に入っていたときのかたちは再現していないが、上に汚れ物が積み重なったのだ。仮に彼女がそれを憶えていたとしても、もはや比較のしようがない。よって、手に取ったことを疑われる心配はなかった。

弘志は改めてバスルームに入ると、シャワーを浴びてからだを洗った。その最中、やっぱりあんなことはするべきじゃなかったと反省したのは、酔いが醒めてきたからだろう。

麗子の夫として、真沙美の保護者代わりとして、真っ当になろうと誓ったはずなのだ。こんな簡単に破ってどうするのかと、己を責めた。

そのため、

「ねえ、お義兄さん」

いきなり脱衣所から声をかけられ、心臓が停まるかと思った。それが真沙美だとわかったからだ。

「え、な、何？」

ひょっとして、さっきのことを知られたのか。焦りと後悔と罪悪感で膝が震え

たものの、

「この時間に洗濯機を回すのって、よくないかなあ」

問いかけに胸を撫で下ろす。夜中に使用しても大丈夫か確認したらしい。

「まあ、音はそんなに響かないと思うけど、気にするひとはいるかもね」

「んー、そっか。そうだね」

「急ぐの?」

「そういうわけじゃないけど。じゃあ、早起きをして回すことにするよ」

「うん。それがいいよ」

そのあと、真沙美は脱衣所で何やらしていたようだ。水音も聞こえた。

(まさか、洗濯機に入れた下着をチェックしてるわけじゃないよな)

疑心暗鬼に陥りかけたものの、そもそもバレるはずがないのだと思い直す。なまじ後ろめたいものだから、悪いほうへ考えてしまうのだ。

バスルームから出ると、彼女の姿はすでになかった。見ると、洗濯機の蓋の上に、洗って絞ったピンク色の薄物がある。あのパンティだ。

(洗面台で洗ったんだな)

洗濯機にそのまま入れたのを姉に見つかったら、叱られると思ったのではないか。だったら今のうちに回そうと考えたが、夜中なので諦めて、手洗いをしたのだろう。他の洗濯物と一緒に、明日の朝干すつもりらしい。

とにかく、これで自慰に使用した痕跡はなくなった。証拠を隠滅してくれた義妹に、弘志は胸の内で感謝した。

それから（ごめん）と謝る。もう二度としないと、洗い立てのパンティに向かって誓いを立てた。

2

翌日、真沙美は午後十一時を過ぎても帰ってこなかった。アルバイトではなく、ゼミの飲み会だという。

大学生だし、二十一歳と立派な大人である。さりとて女の子だから、深夜零時を回らないようにと門限を定められていた。おそらく、ギリギリに帰ってくるのではないか。

「わたし、先に寝てもいい？」

麗子があくびを嚙み殺しながら訊ねる。シャワーを浴びてさっぱりしたはずなのに、疲れた顔をしていた。

「ああ、もちろん。ゆっくりおやすみ。おれは真沙美ちゃんが帰るまでここにいるから。まあ、門限は守るだろうけど」

「うん。ごめんね」

「べつにいいよ。どうせ仕事があるんだから」

事実、弘志はリビングのソファーに腰掛け、膝に乗せたノートパソコンで研修会の資料作りをしていたのだ。

「明日は土曜日だし、ゆっくり寝てるといいよ。起きたら外に出て、どこかの店でブランチっていうのも、たまにはいいんじゃないか」

「そうね……ありがとう、あなた」

麗子が目を潤ませる。疲れが溜まっていたぶん、夫の思いやりが胸に沁みたようだ。

「大変なときはお互い様だよ。とにかく、無理をしないようにね」

「うん……仕事のほうは、もうすぐ楽になると思うから。そうしたら、いっぱいサービスするわね」

はにかんだ笑顔がなまめかしい。サービスというのは、夜の生活も含まれているのだろう。

「期待してるよ」

弘志は彼女を抱き寄せると、思いを込めてくちづけた。背中を優しく撫で、ポンポンと叩く。

「それじゃ、おやすみ」

「うん……おやすみなさい」

麗子が寝室に入る。弘志は時刻を確認してから仕事を続けた。

真沙美が帰ってきたのは、本当に午前零時ギリギリであった。

「ただいまぁ」

酔っているらしく、声が大きい。弘志が鼻先で人差し指を立て、「シィー」と合図すると、慌てたように両手で口を塞いだ。

「お姉ちゃん。もう寝た？」

小声で訊ねる。

「うん。疲れてるからね」

「そっか。お義兄さんは、あたしが帰るのを待っててくれたの？」

「まあ、仕事もあったからね」

それでも、あらかた終わったので、ノートパソコンを閉じる。すると、真沙美がにんまりと笑みをこぼした。

「仕事、終わったの？」

「まあね」

「だったら付き合ってよ」

「え？」

彼女が持っていたレジ袋をローテーブルに置く。中には缶酎ハイやおつまみが入っていた。帰りにコンビニへ寄ったらしい。

「コンパで飲んだんだろ？」

「んー、まだちょっと飲み足りなくって。ほら、門限に間に合うように帰ってきたから」

真沙美は弘志の隣に腰をおろすと、レジ袋の中身を出して並べた。

「お義兄さんも明日はお休みでしょ。だったら、門限を守った良い子に付き合いなさい」

小生意気な口振りも、愛らしい女子大生ゆえにほほ笑ましい。

正直、ちょうど小腹が空いていた。ここまで酔った彼女を目にするのは初めてで、新鮮でもあった。また、珍しくひらひらしたミニスカートを穿いており、いつになくお洒落な装いだ。

そのため、一緒に飲みたくなったのである。

「わかったよ」

それほど強くないものを選び、プルタブを開ける。

「かんぱーい」

真沙美の音頭で、ふたりは缶をぶつけ合った。

「ところで、卒論のテーマって、もう決まってるの？」

今夜はゼミのコンパだったというのを思い出し、大学生に相応しい話題を振ってみる。

「うん。今は資料集めと、文献を読んでるところ」

「ふうん。他の子たちは？」

「まだ迷ってる子もいるよ。その子、一度決定して、資料探しとか始めてたんだけど、やっぱり合わないからって先生に相談して、テーマを変えることにしたの」

「合わないって？」

「ぶっちゃけ、難しそうだからやめたみたい」

そんないい加減なことで大丈夫なのかと、弘志は眉をひそめた。

ただ、自分のときはどうだったかなと振り返れば、真面目な学生だったとは口が裂けても言えない。特にやりたいものもなく、指導教官に提示されたテーマの中から、これでいいかと選んだのではなかったか。

「どんなテーマでも、最後までやり遂げられればそれでいいのさ。過程も大切だけど、やっぱり結果がものを言うからね」

「お義兄さんの卒論のテーマって、何だったの?」

「……忘れた」

「え、どうして?」

「先生から与えられたやつに、何の疑いもなく取り組んだから、印象に残ってないんだ」

正直に答えると、真沙美が「ふうん」とうなずく。缶酎ハイをひと口飲み、

「これをしたいみたいなテーマってなかったの?」

首をかしげて訊ねた。

「今ならいくらでも思いつくけど、学生のときは試験やレポートに追われて、自

分で何かを見つけるのが難しかったんだ」

「彼女は？」

「え？」

「大学時代に、彼女っていなかったの？」

いきなり話題が色めいた方向に移って面喰らう。それでも、

「いなかったよ」

と、正直に答えた。

「じゃあ、彼女ができたのっていつ？」

「就職してからだけど」

「それって最初の奥さん？」

バツイチであることは、真沙美も知っている。

「うん」

「じゃあ、大学生のときは、まだ童貞だったんだね」

特に馬鹿にしたふうではなかったものの、初体験が遅いのを蔑まれた気がして、
弘志は面白くなかった。

「だったら真沙美ちゃんは──」

言いかけて口をつぐむ。いつ体験したのかと、露骨なことを訊いてしまうところであった。

ところが、彼女はすぐに察したらしい。

「十——歳よ」

と、信じ難い年齢を口にした。

「え、それって——」

「あたしがロストバージンした歳」

弘志は言葉を失った。自分と知り合う前、ひょっとしたら大学に入学するよりも早く体験したのではないかと思っていたが、さらに若かったなんて。

「……それは自分の意志で？」

もしかしたら襲われたのではないかと思ったから、確認したのである。

「うん。そうだけど」

「どうして？」

「え、何が？」

「えと。つまり……その相手が本気で好きだったってこと？」

この質問に、真沙美は答えなかった。黙って缶酎ハイを飲み、小さなため息をつく。

「……あたしがパパに反撥してたって、お姉ちゃんに聞いてるでしょ」

「ああ、うん」

「あたし、あの頃ってすごく荒れてて、ヤケになってたの」

ということは、好きな男と体験したわけではなく、自暴自棄になって処女まで捨てたというのか。

難しい年頃であり、身を持ち崩す少年少女は一定数いる。真沙美もそのひとりだったらしい。

もっとも、こうして大学生になり、真面目に学業に励んでいるのだ。しっかり立ち直ったのだから、良しとすべきだろう。

(若気の至りってのは、誰にでもあるからな)

そう考えて、この件はここまでにしておこうと弘志は思った。誰としたのかとか、何人と体験したのかなど、詳しいことは訊くべきではない。

ただ、男を性的に翻弄するすべを知り尽くしていた感じだったし、やはり相応の回数をこなしているのだろう。もしかしたら、年配の男にあれこれ教え込まれたのか。

（こんなに可愛い子なのに……）

義理とは言え妹だ。いったいどんな男が彼女を抱いたのかと、考えるだけで鳩尾（みぞおち）に不快感がこみ上げた。

「じゃあ、今度はあたしのターンね」

一転、明るい表情を見せた真沙美に、弘志は虚を衝かれた。

「え、ターン？」

「あたしがお義兄さんに質問する番だってこと」

「ああ」

そういうことかとうなずきつつ、問われる内容を想像して顔をしかめる。最初の妻と、いつどんな状況で初体験をしたのか、詮索されるのではないかと思ったのだ。

ところが、訊かれたのはあまりに予想外なことであった。

「お義兄さんって、あたしのパンツでオナニーした？」

弘志は手にした缶酎ハイを落としそうになった。それだけ動揺したのである。

「な、なに言って――」

「ずっと前とかじゃなくて、ゆうべの話なんだけど」

背すじに冷たいものを感じる。汗が流れたわけではない。寒気を覚えたのだ。

(真沙美ちゃん、知ってたのか！)

洗面台で下着を手洗いをしたときに、何らかの痕跡に気がついたというのか。

いや、そんなはずはないと自らに言い聞かせる。しっかりチェックして、証拠が残っていないのを確認したのだ。上に洗濯物を重ねたから、手に取ったことすらわからないはずだし、口から出任せを言っているに決まっている。

おそらく、脱いだものをそのまま洗濯機に入れたあと、義兄がバスルームに入ったのを思い出し、何かしたのではないかと適当な容疑をでっち上げたのだ。翻弄し、うろたえさせるために。そうに決まっている。

気持ちを落ち着かせ、弘志は何でもないフリを装って訊き返した。

「それって真沙美ちゃんの想像っていうか、妄想じゃないの？」

問題にならないという態度で告げると、彼女は「んー」と首を捻った。

「いちおう証拠はあるんだけど」

この返答にドキッとする。まさか、盗撮でもされていたのだろうか。

そして、真沙美がスマホを取り出したものだから、大いに焦る。証拠の映像を見せられるのかと早合点したのだ。

けれど、彼女がこちらに向けた画面に映し出されたのは、動画ではなく写真であった。それも、例のパンティのクロッチ部分、汚れた裏地をアップで捉えたものだ。

昨夜、洗濯機に入っていたものであるのは、すぐにわかった。しかし、どうしてこんなものを撮影したのだろう。

(ていうか、恥ずかしくないのか?)

性器の分泌物がこびりついているのである。それをどうして、姉の夫に平気で見せられるのか。

(そうか。これが何なのかわかったら、ゆうべも見ているってことになるな)

こちらの反応から、犯行を見破る算段らしい。

「何これ?」

弘志はしらばっくれて問いかけた。

「あたしのパンツ」

真沙美はあっさり種明かしをした。「それから、もう一枚」と、同じような写真を見せる。

そこまでされて、彼女の意図がわかってきた。

二枚の写真は脱いだ直後と、あとで洗濯機から引っ張り出したものなのだ。その違いから、悪戯されたと主張するつもりらしい。

（ていうか、わざわざこんな写真を撮ってたっていうことは——）

あとからバスルームを使う義理の兄を、最初から罠にかけるつもりだったと見える。弘志はまんまと引っかかったわけだ。

「これ、違うところがあるの、わかる？」

真沙美が得意げに訊ねる。弘志は仕方なく、二枚を順番に見比べた。

白い糊みたいな付着物は、最初は盛りあがっていたものの、あとのほうは何かがこすれたみたいにいびつになっている。パンティを被ったときにその部分を鼻に密着させ、匂いを愉しんだせいだ。

しかし、洗濯機の中で、弘志の汚れ物が重ねられたのである。そのせいで粘っこい体液がかたちを変えても、べつに不思議ではない。よって、悪戯をした確実な証拠にはならない。

さりとて、そんな詳細に反論したら、墓穴を掘ってしまう。弘志は意味がわからないという態度を崩さなかった。

「微妙に違っている気はするけど、それがどうかしたの？」

「違ってるって、どこ？」

「ええと、ここどか」

白い分泌物を指差すと、真沙美は首を横に振った。

「そんなところじゃないの。決定的な違いはここ」

そう言って彼女が指を差したのは、クロッチの裾部分、ループ状の飾りが付いたところだ。しかし、そこには何もない。

「どこが違うって？」

「じゃあ、一枚目を見て」

最初に撮ったほうの写真が画面に出される。それを見て、弘志は危うく声を出すところであった。

そこに、陰毛が絡まっていたのである。

「ほら、こっちは毛が付いてるけど、こっちはないでしょ」

二枚を代わる代わる見せられては、認めないわけにはいかない。

「たしかにそうだけど、くっついてたのが落ちただけなんじゃないの」

これに、真沙美は「あり得ないわ」と断言した。

「だって、簡単に落ちないように輪っかのところに絡みつけておいたんだもん」

縮れ毛を引っ張ってはずしたとき、指先に力を加えたのを思い出す。そうすると、こちらの行動をすべて読まれていたのか。

「あそこにいたのはお義兄さんだけだし、毛を取ったのはお義兄さん。どうしてそんなことをしたのかを考えれば、ニオイを嗅いでオナニーしたって結論になるじゃない」

短絡的な決めつけだと、弘志が反論できなかったのは、事実そのままを指摘されたからだ。やったことをやっていないと言い切れるほどの、厚かましい人間ではなかった。

「……おれがそうするとわかって、あれをあそこに置いたの?」

問いかけることで認める。義妹の下着を自慰に用いるような変質者で、性欲本位の人間だと思われていたのだろうか。

「わかってたっていうか、もしかしたらっていうぐらいのキモチかな。ほら、あたしがお義兄さんの顔におしりを乗っけたとき、すごく昂奮してたじゃない。鼻息も荒くなったし、きっとオマ×コのニオイが好きなんだってわかったの。だから、パンツを置いとけばニオイを嗅ぐんじゃないかなと思って」

相変わらず、言葉のチョイスが露骨である。

ともあれ、顔面騎乗時に義兄の反応が著しかったことから、趣味嗜好を見抜いたらしい。やはりこの子は聡明なのだ。だからこそ、荒れた時期があっても悪い人間にならず、持ち直したのだろう。

もっとも、年上の男を操る手管は、優等生とは言い難い。

「ねえ、オナニーもしたんでしょ」

質問ではなく断定の口調で言われ、弘志は自棄気味に「ああ」とうなずいた。今さら隠したところで、何の意味もない。

すると、真沙美が嬉しそうにほほ笑んだのである。

「よかった」

「え?」

「お義兄さん、お姉ちゃんが疲れ気味で、エッチしてなかったじゃない。だから、パンツをオカズにして、スッキリしてくれればいいなと思ったの」

では、あれは罠ではなく、贈り物だったというのか。

弘志はからだから力が抜けるのを覚えた。てっきり、欲望にまみれた行為を咎められ、非難されると思っていたのに。

(最初からそう言ってくれればいいじゃないか)

こっちはバレたらまずいと、ドキドキしていたのだ。しかも、使用の前後を撮影し、やってたでしょうと詰め寄るなんて趣味が悪い。

「だったら、いちいち回りくどいことをしなくても」

不満を口にすると、真沙美が肩をすくめた。

「だって、お義兄さんがあのあと、あたしを避けてた感じがしたから」

「え？　いや、そんなつもりはないけど」

「んー、避けてたは違うか。身構える感じ？　ほら、あたしとああいうことしちゃったから、もう絶対しないって、バリアーを張ってるみたいな」

二度と過ちは犯すまいと誓ったのは事実だ。そのせいで、真沙美に対して意識せず壁を作っていたかもしれない。

「そんなふうにされたら、あたしも寂しいじゃない。いちおう家族なんだから。それで、ちょっと気を引きたくなっちゃったの」

つまり、貶める意図はなかったわけか。やり方はともかく、彼女なりに良好な関係を築こうとしていたようである。

（まあ、真沙美ちゃんらしいと言えば、そうなのかも）

仮に、オカズにどうぞなんてパンティを渡されても、弘志は受け取らなかったはず。それを見越して目に付くところに置き、使ってもらえる状況をこしらえたのだろう。

それにしても、そこまで行動を読まれていたなんて。

(なんか、手の上でいいように操られていた感じだな)

彼女がお釈迦様で、自分は孫悟空か。だとしても、悪い気はしない。

「いちおうなんかじゃないよ」

弘志は自身の考えを述べた。

「え、何が?」

「真沙美ちゃんが言ったんじゃないか。自分もいちおう家族だって。だけど、いちおうなんかじゃない。真沙美ちゃんも、おれたちの大切な家族だよ」

我ながら気恥ずかしい台詞に、顔が熱くなる。それでも、彼女がはにかんだ笑みを浮かべてくれて、弘志はホッとした。

「うん……ありがと」

互いの思いを受け止めて、心が通い合う。どちらからともなく酎ハイの缶を掲げ、軽くぶつけ合った。

そうやってすっかり打ち解けた気分になったからか、

「それで、どうだった？」

真沙美が屈託なく質問をぶつけてくる。

「え、どうって？」

「あたしのパンツでオナニーして」

さすがに弘志は絶句した。しかし、彼女は容赦なく追及する。

「キモチよかった？　精液、いっぱい出た？　ていうか、あたしのパンツ、くさくなかったの？」

「い、いや、待って」

そこまで畳みかけられると、正直に答えなければいけない気にさせられる。何より、彼女の目がキラキラして、心から知りたがっている様子だったのだ。

「くさいなんて思わなかったよ。女らしくて、とってもいい匂いだったし。だから昂奮して、自分でするのも気持ちよかったんだ」

「いっぱい出た？　精液」

「うん……」

「そっかあ。あたしのパンツ、そんなに気に入ってもらえたのか」

満足げにうなずかれ、さすがに居たたまれなくなる。こんなことでいいのかと

いう思いもあったから、

「だけど、平気なの？」

と、弘志のほうからも問いかけた。

「何が？」

「いや……汚れた下着を、おれなんかに見られて」

「ああ。そりゃ、まったくの他人だったら見せられないし、さわらせたくもないけど、お義兄さんなら平気だもん」

「どうして？」

「さっき言ったじゃない。家族だから」

そういうものなのかと思いかけて、不意に気がつく。真沙美が本当にほしかったのは、家族ではないのかと。

早くに母親も亡くし、父親も早世した。姉妹ふたりっきりになったあと、麗子の結婚が決まって、彼女は疎外感を覚えたに違いない。姉を取られ、ひとりになってしまうと。

あのとき、アパートを借りて独り暮らしをすると主張したのは、新婚である姉夫婦のお邪魔虫になりたくないという思いもあったろう。しかし、そればかりではなく、自分はひとりで生きていくしかないのだと、孤独を募らせていたのかもしれない。

その後、三人での生活が始まり、彼女も家族の一員となった。もっとも、姉夫婦プラス自分という関係はそのままである。居づらさは否めず、アルバイトに精を出したのは、学費やお小遣いのためばかりでなく、家にいる時間を短くするためだったとも考えられる。

かくして、家の中に居場所を見出せず、真沙美は寂しかったのではないか。義兄との性的なスキンシップを試みたのは、親密な関係性を求めてのことだったのだと、弘志は思った。

だからと言って、麗子を苦しめることになってはならない。そのぐらいは、真沙美もちゃんとわかっているのだろう。

3

「だけど、オナニーなんかよりも、女の子にシコシコしてもらうほうがずっといいよね」

悪戯っぽく目を細めた真沙美が、缶酎ハイをテーブルに置く。尻をずらし、距離を縮めてきたものだから、弘志は思わず身構えた。

「ほら、そういうの。そうやって構えられると、嫌われてるのかなって寂しくなるんだからね」

一転、悲しい顔をされ、焦ってかぶりを振る。

「嫌うなんて、そんなことあるはずないじゃないか」

「だったら、あたしの好きにさせてよ」

彼女の手が股間へと迫る。何をしようとしているのかなんて、火を見るよりも明らかだ。

（真沙美ちゃん、かなり酔ってるんじゃないか？）

このあいだ以上に積極的である。あのときは、汗を拭いて着替えさせるという名目があったのだ。

今のこれは、ただの性的な戯れだ。

「あうっ」

ズボン越しにペニスを揉まれ、ムズムズする快さが生じる。いけないと思いつつも、海綿体に流れ込む血流をどうすることもできなかった。

「うふ、おっきくなってきた」

嬉しそうに頬を緩める。やはりアルコールが、彼女をいっそう大胆にさせているのではないか。

「ま、真沙美ちゃん」

「お姉ちゃんが疲れてエッチできないのなら、お義兄さんの面倒を見るのは妹の役目なの」

そんな決まりは聞いたことがない。

しなやかな指がズボンの前を開く。ブリーフのテントが現れると、ゴムを引っ張って中を覗き込んだ。

「うん、タッてるね」

少しも躊躇せず男根を確認する義妹に、弘志は抵抗する気概をなくしていた。何を言っても無駄だとわかったのだ。

(好きにさせるしかないみたいだぞ)

そもそも、彼女の汚れた下着をオカズにした身で、真っ当な道理を説けるはずがない。だったらお義兄さんはどうなのと、反論されたらそれまでだ。

自身が高まってきたためもあって、弘志は流れに任せることにした。また性懲りもなくと、倫理的なもうひとりの自分が叱りつけるのに耳を塞いで。

「おしり上げて」

従うと、ズボンとブリーフをまとめて奪われる。七割がたエレクトした肉器官が、明かりの下に晒された。

すでに見られているとは言え、あのときとは状況が異なる。おまけに、ここはリビングなのだ。

より背徳的な気分に苛まれたとき、弘志は喪服の麗子との交歓を思い出した。あれもリビングのソファーだったから、いつも以上に昂奮したのである。

だからと言って、真沙美とも最後までするつもりはなかった。彼女はそこまで求めない気がするし、おそらくペニスを弄んで終わるのだろう。

「まだおっきくなるよね」

筒肉に指を回し、真沙美がゆるゆるとしごく。いつもより愛らしい装いのせいか、これが初めてでもないのに、いけないことをさせている心持ちになった。

そのくせ、分身はたちまち力を漲らせる。

「むう」

完全勃起したことで、指の柔らかさがいっそう快い。

下半身のみすっぽんぽんで、肉色も禍々(まがまが)しい器官を愛撫される。彼女のほうは服を着たままだから、端から見ればスケベなオッサンが、いたいけな女子大生に奉仕をさせているかに映るだろう。

おかげで、快感と比例して居たたまれなさが募る。

（おれも真沙美ちゃんを気持ちよくしてあげたほうがいいんだろうか……）

そうすれば対等になれて、負い目を感じないで済む。

とは言え、一方的に愛撫されるだけだから、まだマシなのだ。こちらも手を出したら、麗子を裏切ることになる。まあ、すでに許されないことをしているのであるが。

すると、手にした屹立を見つめていた真沙美が、不満そうに口許を歪めた。

「お義兄さんは、何もしてくれないの？」

「え？」

「あたしがオチ×チンを気持ちよくするばっかりで、お義兄さんは全然さわってくれないのね。あのときもそうだったし」

なじられて、弘志は追い込まれた気分になった。

「えと、真沙美ちゃんは、さわってほしいの？」

苦し紛れに質問すると、彼女は左手でスカートをたくし上げた。ただでさえ短かったのに、太腿が付け根近くまであらわになる。

さらに、膝も大きく離す。

(わ——)

弘志は目を瞠(みは)った。

穿いていたのは、清純の証のような白いパンティだ。女の子らしいデザインで、フリル飾りも愛らしい。

それでいて、たち昇ってくるのは、男心をくすぐるなまめかしい芳香。ぬくめた乳製品のような甘ったるさの中に、蒸れた酸味が忍んでいる。それから、かすかな磯くささも。

かぐわしさの源泉は、間違いなく女芯であった。

(そこをさわってほしいのか?)

縦ジワをこしらえるクロッチがまる見えだから、やはり敏感なところへの愛撫を求めているのだ。

劣情を煽るフレグランスに、思わず手をのばしかけた弘志であったが、(待てよ)と思いとどまった。触れる前に、もっと匂いを堪能したくなったのだ。

「真沙美ちゃん、ここに寝転がって」

指示すると、彼女がきょとんとした顔を見せる。

「え、どうして？」

「ちゃんと気持ちよくしてあげるから」

こちらの意図を掴み切れていない様子ながら、真沙美は強ばりから手を離すと、ソファーにそろそろと身を横たえた。さっきまでこの場をリードしていたのが嘘のように、どこか不安げな面持ちで。

「じゃあ、膝を抱えてもらえる？　前に、おれの肛門とかを拭いたときみたいに」

弘志もやらされた、赤ん坊がおしめを替えるときと同じポーズ。もっとも、彼女の場合は下着を穿いているから、ずっとマシなはずだ。

にもかかわらず、不本意だとばかりに眉をひそめる。頬も赤くなっていた。そこまでするのは恥ずかしいようだ。

（おれの顔に、平気でおしりを乗っけたのに？）

自分からするのはよくても、命じられてだと勝手が違うらしい。それでも、拒まずに両脚を掲げたから健気だ。

「これでいいの？」

膝の裏に両手を入れ、胸のほうに引き寄せる。二重の布でガードされた大切な部分が、義兄の眼前に晒された。

（本当にするなんて……）

己が命じておきながら、この期に及んで信じられない気分になる。だが、布が伸びきったクロッチの中心に黄ばみを発見し、瞬時に昂りがこみ上げた。

そのため、目を近づけ、まじまじと観察する。

「やぁん」

真沙美が非難する声音で嘆く。もちろん、そんなことで怯みはしない。至近距離で確認した結果、目の錯覚でも影でもなく、明らかに布の変色であった。

（オシッコの跡なのかな？）

首をかしげつつ匂いを吸い込むと、淫靡さを含んだ乳酪臭が感じられた。あの日、顔面騎乗をされたときに嗅いだものと同じだ。

「ああ」

思わず洩らした声が、真沙美にも聞こえたようである。

「ねえ、オマ×コの匂いを嗅いでるの？」

　またも禁断の四文字を用いて訊ねる。

「いや、パンツの匂いだけど」

「同じことでしょ」

「え、そうかな？　まあ、洗濯機にあったやつはもっと――何て言うか、ナマぐさい感じだったけど」

「ウソ!?」

「あれはあれでよかったけど、おれはこっちのほうが好きかな。チーズっぽいところが」

「うう」

　真沙美が顔を歪める。責められると弱いタイプなのだろうか。だから常に先手を取っているのかもしれない。

　それでも、やられっぱなしでいるのは、プライドが許さなかったと見える。

「ねえ、気持ちよくしてくれるんじゃなかったの？」

　浮きあがった若腰を、焦れったげに揺らしながら急かす。

「もちろん、そのつもりだよ」

　こちらから手を出すのはまずいという意識は、すでになくなっていた。可愛い義妹が羞恥に耐えながらも、快感を求めているのだ。応えるのが家族としての義務である。

弘志は彼女の腰の下に手を差し入れ、白い薄物をおしりのほうからそろそろと剝いた。

「やん」

真沙美が身を縮める。快感を求めていても、秘苑を晒すのは恥ずかしいのか。あのときもパンティを脱いだが、その部分をまともに見せたわけではないのだ。けれど、この体勢だと、羞恥帯を余すところなく目撃されてしまう。最初に弘志の視界に入ったのは、排泄口たるツボミであった。

(真沙美ちゃんのおしりの穴だ)

叢が薄いからか、麗子のように毛は生えていない。色素も淡く、ほぼピンク色に近かった。

だが、どれだけ可憐でも、性器以上にタブーを犯した気になる。これは妻のときと変わりがない。

薄布をさらに引き上げる。短い会陰を経て、いよいよ花園が現れた。

秘毛はヴィーナスの丘に逆立つのみで、ぷっくりした大陰唇が可愛い。縦に割れた合わせ目に、花びらがわずかに覗くいたいけな眺めだ。

むわっ——。

濃密さを増した秘臭が放たれる。それもそのはずで、恥割れ全体がじっとりと湿っていた。

(もう濡れてたのか)

愛撫を交わしたわけではなく、彼女のほうが勃起を軽くしごいた程度なのだ。なのに、こんなにも昂っているということは、

(おれに気持ちよくしてもらいたいって、ずっと思ってたんだな)

看病のみならず、性的な奉仕をしてくれたあのときも。そう言えば、強ばりきった男根に恥芯をこすりつけながら、唾液で潤滑した意味がないほどに、しとどになっていたではないか。

見れば、裏返った下穿きのクロッチにも、半透明の蜜汁がこびりついている。小さな毛玉が多いそこは、表側以上に黄ばんでおり、茶色く掠れたような跡もあった。かなり愛用しているらしい。

そんなところまでつぶさに観察されていると知ってか、真沙美が女陰の裂け目をキュッとすぼめた。

「ねえ」

焦れったげに声をかけてくる。

「あ、うん」

クンニリングスの邪魔にならないよう、弘志はパンティを引っ張り上げた。すると、彼女がそこから片脚を抜き、膝を大きく離す。そのほうが舐めやすいのは確かながら、秘芯をねぶる義兄の顔を観察したかったのかもしれない。

「またパンツの裏っかわを見てたんでしょ」

睨まれて、弘志は「うん」と認めた。

「ヘンタイ」

真沙美の頬は、さっきよりも赤い。目も潤んでいる。やはり、あれこれされる立場になると、羞恥が著しいようだ。

(おれに汚れた下着を与えて、オナニーをさせたくせに)

変態はどっちだよと胸の内で反論し、もうひとつの唇にキスしようとすれば、

「あ、ちょっと」

彼女がためらいを口にし、浮かせた腰をよじった。

「え、どうしたの?」

「……あたし、居酒屋で二回ぐらいトイレに行ったんだけど」

今さら気になったと見える。

「うん。確かにオシッコの匂いがするね」

小鼻をふくらませて告げると、真沙美が「ば、バカっ」と焦りをあらわにする。

年頃の女の子らしい反応に、弘志はときめかされた。

「心配しなくても、おれは真沙美ちゃんのどんな匂いも好きだから」

口にした台詞が気恥ずかしかったので、すぐさま秘割れにくちづける。濡れた
裂け目をチロチロとくすぐると、

「あ、ああっ」

鋭い嬌声がほとばしった。

「大きな声を出すと、お姉ちゃんに気づかれるよ」

慌てて注意すると、彼女もハッとする。どうしようかと迷いを浮かべたあと、
片方の膝にくしゅっとなっていたパンティを抜き取り、畳んで口に入れた。眉を
ひそめたのは、鼻に抜ける自身の匂いを感じたからだろうか。

これなら大丈夫かと、改めて花園を味わう。舌をクレバスに差し入れるなり、
ぬるくて粘っこい蜜が絡みついた。

わずかな塩気は、尿の名残なのか。ほじるようにねぶると、

「むふっ、ううう」

呻く真沙美が、内腿をビクッ、ビクッと震わせる。かなり敏感なようだ。だったら、こっちを舐めたらどうなるのかと、敏感な肉芽が隠れているところを舌で探る。

「むふぅうううゥッ!」

くぐもった呻き声と同時に、裸の下半身がガクンとはずんだ。

(すごいな)

あられもない反応に、勃ちっぱなしの男茎が雄々しくしゃくり上げる。もっと感じさせたくて、弘志は大陰唇に指を添え、左右にくつろげた。

小ぶりの花びらが葉っぱのかたちに開く。狭間に覗く粘膜は桃色で、透明な愛液でヌメっていた。

そこから漂うのは、ヨーグルトに似た甘酸っぱさだ。

フードを剝くと、クリトリスが現れる。艶光る真珠の裾に、ちょっとだけ白いカスが付いていた。麗子にもあったものだ。さらに、小陰唇と大陰唇のあいだのミゾにも、それを発見した。

恥垢を暴くと、匂いがヨーグルトからチーズへと変化する。自分のものでも嫌悪の対象にしかならないのに、女子大生のそれは貴重な珍味のごとく映った。だからこそ、尖らせた舌でこそげ落とし、唾液に溶かして呑み込んだのである。

「むう、ふふふぅ、むふっ」

真沙美が鼻息で喘ぎ、下腹をピクピクさせる。秘核の恥垢を舐め取られると、若腰がまた大きく跳ねた。

そうやって丹念に舌を這わせることで、唾液の匂いが強くなる。味もほとんど感じられなくなった。

（くそ、もったいない）

存分に嗅ぎ、味わっておきながら、もの足りないと思う。もっとないかと考えて、もうひとつのポイントを思い出した。

「おしりをもうちょっと上げて」

弘志の頼みに、真沙美は膝をさらに引き寄せた。ヒップが浮いて、女芯が上向きになる。目が虚ろな感じだったから、どうしてこんなことをさせるのか、わかっていなかったのではないか。

（ああ、可愛い）

秘密のツボミが視界に入る。排泄口とは思えないキュートな外観。滴った愛液で濡れ、ピンク色が濃くなっていた。

子猫を見たら頭を撫でたくなるのと一緒で、愛らしいから愛でずにいられない。弘志は舌を差し出し、綺麗な放射状のシワをペロリと舐めた。

「ンふっ」

真沙美が鼻息をこぼし、裸の下半身を強ばらせる。アヌスだけでなく、秘唇も同時に収縮した。

チロチロと舐めくすぐれば、丸いおしりが切なげに揺れる。彼女がやめてと言わないので、弘志はアナルねぶりを続けた。パンティで口を塞いでいたから、仮に言いたくても言えなかったであろうが。

秘肛には不思議と甘みが感じられた。尻のミゾは汗をかきやすいから、しょっぱいかと思ったのに。あるいは、オナラに糖分が含まれているのか。

くだらない推測をしたところで、真沙美が口からパンティを引っ張り出したようだ。

「お義兄さん」

呼ばれてドキッとする。さすがに咎められるか、変態と罵られるかと思えば、

「そんなとこ舐めて、イヤじゃないの？」

恐る恐るという口振りで訊ねる。

「全然。ここ、すごく可愛いから、舐めたくなったんだ」

返答に、彼女が眉をひそめた。

「可愛いって――じゃあ、お姉ちゃんのおしりの穴も舐めるの？」

「……いや」

「どうして？　可愛くないから？」

「違うよ。麗子はすごく恥ずかしがりで、そういうのが好きじゃないんだ。アソコだって、なかなか舐めさせてくれなかったし」

正直に答えてから、まずかったかなと後悔する。夫婦間のことを妹に知られたとわかったら、妻が傷つくに違いないからだ。

もっとも、真沙美が今のことを、姉に告げ口するとは思えない。

「……あたしだって恥ずかしいんだけど」

不満げに述べた義妹に、ならばと質問する。

「気持ちよくなかった？」

「わかんない。ちょっとムズムズしたけど」

だが、恥芯には半透明の蜜汁が、今にも滴りそうに溜まっていた。少なくとも肉体は、快いと受け止めていたようだ。

そのとき、彼女への新たな施しを思いつく。

弘志は身を起こすと、白い靴下を履いた左足を手にした。指の付け根と踵が少し黒ずんだものを脱がし、赤いペディキュアの塗られた爪先に鼻を寄せる。

「あ――」

何をされるのか察して、真沙美が足を引っ込めようとする。弘志はそれを許さず、わずかにツンと刺激のある匂いを吸い込んだ。

「だ、ダメ。そこはくさいの」

彼女は初めて本格的な抵抗を示した。性器よりも気になるということは、友人に足がくさいと揶揄されたことでもあるのだろうか。

発酵した大豆製品を想起させるそれは、汗と脂が蒸れたものと思われる。しかし、不快感は微塵もない。健気で愛らしい女子大生の、真っ正直なパフュームだ。誰が嫌だなんて思うものか。

親指の爪に引っかかっていた靴下の繊維をはずし、弘志はかぐわしい爪先を口に含んだ。

「バカバカ、ダメだってばぁ」

なおも抗う真沙美であったが、舌を指の股に入れられて、「キャッ」と悲鳴を上げる。あとはくすぐったそうに呻くぐらいで、暴れなくなった。

それをいいことに、足指を一本一本、丹念にしゃぶる。

（ああ、美味しい）

味は塩気と、ほんのり鰹だしの風味もある。指の付け根には、垢らしきポロポロしたものも感じられた。

左足を終え、次は右だと靴下を脱がそうとすれば、それまでおとなしかった真沙美が「イヤッ！」と抗った。

「イテッ」

靴下の足で肩を蹴られ、危うくソファーから落ちそうになる。

（よし、だったら）

さっきの続きだと、股間に顔を伏せた。

秘苑はドロドロだった。足の匂いと味に夢中で気づかなかったが、いつの間にか多量のラブジュースを溢れさせていた。

（足の指を舐められて感じたのか？）

これ以上舐めさせまいと抵抗したのは、乱れそうになったためかもしれない。濡れ園は淫靡な香味も取り戻していた。クセのあるチーズの悩ましさ。食欲をそそられ、しゃぶりつかずにいられない。

弘志は液溜まりに唇をつけ、ぢゅぢゅッとすすり取った。

「はひッ」

真沙美が鋭い声を発し、内腿で義兄の頭を強く挟み込む。

(あ、まずい)

派手な声を出したら、麗子が起きてくる恐れがある。

秘苑にくちづけたまま様子を窺っていると、義妹が「ふーふー」と太い鼻息をこぼした。またパンティを口に入れたようだ。

これなら大丈夫かと、クンニリングスを再開させる。

滾々と溢れる蜜をすすり、代わりに唾液を塗り込める。秘核は敏感すぎるので、気持ちよすぎて苦しくならないよう気をつけて、優しく吸ってあげた。

「んふー、ンっ、んぅふふふう」

真沙美がよがり、裸の腰をくねくねさせる。秘唇をねぶりながら、指でアヌスをこすってあげると、また一段高みへと上がったようだ。

頭を挟む太腿に、いっそうの力が込められる。

（やっぱり感じるんだな）

しかしながら、秘肛への刺激のみで頂上に至ることはあるまい。ペニスをしごかれながら陰嚢を撫でられるとイキやすいが、それと一緒で、性感を高める助けになるようだ。

弘志は真沙美をオルガスムスに導くつもりだった。このあいだは二回も精液を搾り取られたのに、彼女は一度も達していない。やられっぱなしでは、義理の兄の面目が丸つぶれだ。

もっとも、意図は他にもある。このまま最後までいきそうな流れであるが、やはりセックスをするわけにはいかない。拒んでも押し切られそうだから、先に絶頂させ、満足してもらうことにしたのである。

ちゅッ……ぴちゅぴちゅ——。

だいぶ刺激に慣れてきたところで、クリトリスを重点的に吸いねぶる。真沙美は身をよじり、呻き、ふんふんと鼻息をこぼした。下腹の波打ちも、次第に大きくなってきた。

「んっ、んっ、んんー」

（もうすぐかな）

思った直後、

「むふッ！」

彼女が太い息をこぼし、内腿を痙攣させる。「う、ううっ」と呻いて、若い肢体を強ばらせた。

それから、空気が一気に抜けたみたいに脱力する。

（イッたんだ）

真沙美が手足を投げ出し、胸を大きく上下させる。顔が赤く、額に汗が光っていた。

彼女の口から、純白の下着がはみ出している。そのままだと苦しそうなので、弘志はそろそろと引っ張り出した。

唾液を吸った薄物は、じっとりして重い。これではかなり喉が渇いているのではないかと心配になった。

「だいじょうぶ？」

顔を覗き込んで訊ねる。すると、いきなり首っ玉にしがみつかれた。

「あ――」

バランスを崩し、義妹に身を重ねる。

真沙美に唇を奪われ、弘志は反射的に抗いかけた。だが、甘酸っぱい吐息を吹き込まれ、瞬時に陶酔の心地となる。

(……おれ、真沙美ちゃんとキスしてる)

淫らな戯れはあっても、くちづけは初めてだ。ある意味、肉体を繋げる以上に親愛の情を示すもの。

そのため、唇の柔らかさにうっとりしながら、まずいことになったと思った。いよいよ禁断の深みに嵌まった気がしたのだ。

真沙美が舌を入れてくる。戸惑いつつも、弘志が自分のものを戯れさせようとしたところ、

「ンうー」

咎めるように唸る。義兄の舌を押し退け、口内を舐め回してきた。

(え、何だ?)

訳がわからず固まっていると、彼女は頭を振ってくちづけをほどいた。

「ねえ、ツバちょうだい」

「え?」

「喉が渇いたの。早くっ」

叱るように急かされて、弘志は再び唇を重ねた。唾液を出し、舌を樋代わりにして流し込んであげると、真沙美がコクコクと喉を鳴らした。

弘志のほうも、彼女の愛液をたっぷりと飲んだのである。さらに、アヌスから足の爪先まで舐めしゃぶり、付着していた味や匂いを溶かして呑み込んだ。

要はお互い様なのであるが、自分の唾を与えるのは申し訳ない思いがした。たとえ、求められたのであっても。

もっとも、このあいだはザーメンも飲まれたのだ。それと比べれば、どうということはないのかもしれない。

そのうち、抱き合って唇を交わすことに夢中になる。愛しさもこみ上げ、本当の恋人同士みたいに貪り合った。

おかげで、イチモツは猛りっぱなしであった。

「はあー」

義兄の唾液をたっぷりと飲み、真沙美が大きく息をつく。それから、

「重いんだけど」

と、弘志を睨みつけた。

「あ、ごめん」

急いで身を剝がすと、彼女がゆっくりと身を起こす。唾では足りなかったのか、テーブルにあった缶酎ハイをゴクゴクと飲み、喉を潤した。

それが、アルコールで胃の中まで消毒しているような気がして、弘志は居たたまれなかった。

4

「ここ、坐って」

真沙美に言われて、ソファーに腰掛ける。飲み始めた最初と同じく、ふたりで横並びになって。

違っているのは、弘志が下半身すっぽんぽんであることだ。真沙美もパンティを脱いでいるが、スカートを整えたのでぱっと見はわからない。

「まだタッてる」

いきり立ったままのイチモツを握られ、弘志は腰をブルッと震わせた。こちらがあちこち舐めるばかりで、彼女の愛撫を受けていなかったから、やけに感じてしまったのだ。

「すごく硬い……」

悩ましげに眉根を寄せ、握った手を上下させる。それから、横目で睨んできた。

「お義兄さん、ひょっとして、お姉ちゃんとのエッチに満足してないの？」

「え、どうして？」

「だって、お姉ちゃんはクンニもそんなにさせないって言ったじゃない。だから、あたしのをあんなに舐めたんじゃないの？」

「いや――」

否定しかけて言葉に詰まったのは、自分でもそうかもしれないという気がしたからだ。

（おれは、真沙美ちゃんを麗子の身代わりにしたのか？）

だとすれば、それはどちらに対しても失礼だ。

「違うよ」

間を置いて、弘志は否定した。

「まず、麗子とのセックスには満足してる。今は忙しくて、なかなかできないけど、不満だなんて思ったことは一度もない」

「それから、真沙美ちゃんを麗子の代わりにしたつもりはない。あちこち舐めたのは、真沙美ちゃんを感じさせたかったからなんだ。まあ、恥ずかしい思いをさせたかもしれないけど」

義妹が頬を赤らめる。蒸れた足の匂いまで嗅がれたことを思い出したのではないか。

「そう……」

それでも、屹立に絡めた指は、ずっと動かしていた。

「おれにとって、麗子も真沙美ちゃんも大切な家族だよ。だから、ふたりとも愛したいんだ」

「大切な家族のおしりの穴や、くさい足まで舐めるのが、お義兄さんのやり方ってこと?」

真沙美が当てつけがましく言う。やはり根に持っていたようだ。

「大切だから、くさいなんて思わないよ。真沙美ちゃんのすべてが愛しいんだ。もちろん、麗子のだって」

「じゃあ、お姉ちゃんの洗ってないオマ×コや、おしりの穴も舐めるの?」

「もちろん。嫌がりさえしなければね」

すでに妻の正直なかぐわしさを知っており、無理強いみたいにねぶったことは黙っておく。

「あたし、足を舐められるのはイヤだったんだけど」

秘部をしとどに濡らしていたくせに、真沙美が恨めしそうに眉根を寄せる。そのことを指摘しようとしたが、

「ま、いいわ」

彼女は吹っ切るようにうなずくと、手にしたモノの真上に顔を伏せた。

「あ――ううう」

ふくらみきった亀頭が、温かな淵に誘い込まれる。ピチャピチャと飴玉みたいにしゃぶられ、くすぐったい快さが広がった。

間もなく頭が上下して、肉棹をすぼめた唇でこすってくれる。同時に舌も動かされ、蕩けそうな悦びを与えられた。

「う、ああ」

弘志は腰を揺すり上げ、歓喜の声を洩らした。けれど、すぐに気がついて口を閉じる。

(……麗子は疲れて眠ってるんだよな)

寝室のほうに視線をくれ、胸の痛みを覚える。こんなことは、これっきりにしなくちゃならないのだ。

多彩な舌づかいでねぶられ、すすられ、弘志はぐんぐん高まった。このままほとばしらせて、早く終わりにしようと思ったものの、

「ふう」

真沙美が顔を上げ、大きく息をついた。

「お義兄さんのオチ×チン、元気すぎて顎が疲れちゃった」

にんまりと笑い、唾液に濡れた肉根に指の輪をすべらせる。

「あたしのくさいオマ×コや足に、それだけ昂奮したってことなんだよね」

「だから、くさくなかったってば」

「昂奮したのは事実でしょ」

否定できず、弘志は押し黙った。

「まあ、誰のニオイでもいいってわけじゃないみたいだし、許してあげる」

大切なひとの正直なフレグランスだから夢中になったと、彼女も理解してくれたようだ。

「あたしだって、お義兄さんのツバだから飲みたくなったんだし」

真沙美がつぶやくように言ったことを、弘志は聞こえなかったフリをした。嬉しかったのは事実ながら、気持ちが接近しすぎるのを恐れたのだ。

「じゃあ、このまま手でしてくれる?」

射精に導いてくれるよう願うと、訝る眼差しが向けられる。

「確かめなくていいの?」

「確かめるって、何を?」

「こないだ、あたしとお義兄さんが、ホントにエッチしたかどうか」

弘志の心臓が、大きな鼓動を鳴らす。なかったことにしていた出来事を、蒸し返されたからだ。しかも、こんな危うい状況で。

「い、いや、あれは——」

うろたえると、真沙美が挑発的に目を細めた。

「気になるでしょ? お姉ちゃんを裏切ったのか、そうでないのか」

悩める人間を陥れる、悪魔の問いかけ。まともに相手をしたら深みに嵌まるとわかっていながら、弘志ははね除けることができなかった。

「……じゃあ、どっちなの?」

問いかけを、彼女が「さあね」とはぐらかす。まともに答える気がないのは明白だ。

「だったらわからないじゃないか」

苛立ちを隠さずに詰め寄ると、

「そんなことないわ」

真沙美がしれっと答えた。

「ちゃんと方法があるじゃない」

「どうするんだよ？」

「もう一回すればいいのよ」

そう言って、彼女が腰を浮かせる。屹立を握ったまま、弘志の膝に対面で跨がった。

（え？）

愛らしい面立ちが目の前に迫り、うろたえる。キスをするつもりなのかと思えばそうではなく、手にした強ばりの尖端に、自身の底部をこすりつけた。

「あん」

なまめかしい喘ぎとともに、甘い吐息が顔にふわっとかかる。弘志はうっとりして、鼻を蠢かしてしまった。

「オチ×チン、ヌルッて入っちゃいそう」

真沙美が蕩けた面差しで言う。実際、亀頭に触れる女芯は温かな蜜をこぼしている。中もきっとトロトロだ。ちょっと重みをかけるだけで、ペニスは女体内部に呑み込まれるに違いない。

そして、挿入の感覚があのとき味わったものと一緒だったら、義妹と結ばれていたことになる。

(いや、だけど、もしもしてなかったら?)

その場合は、今ここで妻を裏切ることになるのである。

冷静に考えれば、拒むのが最良の方法だ。ところが、弘志はなぜだか迷った。この時点で、彼女の詭弁に翻弄されていたようだ。

「ねえ、どうする。確かめる? それともやめとく?」

真沙美が詰め寄り、ますます焦ってしまう。

「そ、それは——」

義兄が混乱していると、彼女も見抜いたであろう。もはや返答を待つ必要はないと判断したか、

「ま、どっちにしろ、あたしはしちゃうんだけどね」

悪戯っぽい微笑を浮かべて告げるなり、からだをすっと落とした。

ぬるん——。

予想したとおり、猛る剛直は引っかかりもなく吸い込まれた。

「あはぁッ」

真沙美が上半身を反らし、なまめかしい声を発する。迎え入れたモノに、温かく濡れたヒダをキュウッとまといつかせた。

弘志も快さにひたっていた。にもかかわらず、声が出せなかったのは、とうと義妹と交わったことに罪悪感を募らせていたからである。

(何をやってるんだ、おれは)

自分から求めたのではなく、彼女が勝手にやったことだ。しかし、こちらには回避する義務があったはず。淫らな看病を受け入れたときもそうだったのだ。

安易に流される弱い心が腹立たしい。男として、こんなことでいいのかと、自らを責めずにいられなかった。

そんな義兄の内心などおかまいなしとばかりに、

「ねえ、わかった？　あのとき、あたしとエッチしてたかどうか」

真沙美が問いを投げかけてくる。吐息をハァハァとはずませて。

（そんなの、もうどうでもいいだろ）

荒んだ心持ちで睨みつけても、彼女は少しも怯まない。

「そっか。動かないとわからないよね」

腰をそろそろと浮かせ、再び坐り込んだ。

「あふぅ」

一往復だけで感じ入ったかのように喘ぐ。さらに、おしりを上げ下げし、そそり立つ男根を蜜穴で摩擦した。

「ねえ、わかる？　あのときと同じかどうか」

訊かれても、弘志は答えなかった。わざとそうしたのではなく、本当にわからなかったのだ。

「ね、ねえ、どうなの？」

しつこく問われて仕方なく、「わからないよ」と告げる。

「だから、教えてくれないか」

今さら正解を知ったところで意味がない。そんなことはわかっていたが、いちおう気になったのだ。

「ダメ、教えない」

真沙美はにべもなかった。

「もうヤッちゃったから、どっちでも同じでしょ」

得意げに胸を反らせた彼女に、弘志はやれやれと思った。結局、ただ振り回されただけだったとは。

「とにかく、あたしもイカされたんだから、お義兄さんもイッちゃって。中に出していいからね」

腕が首に回される。真沙美はうっとりした面差しを浮かべ、からだを上下にはずませた。

「あ、あ、感じる」

交わる性器が、クチュクチュと粘つきをこぼす。ソファーも軋み、リビングが卑猥なサウンドで彩られた。

「ちょっと、静かにしないとまずいよ」

麗子を気にして小声で伝えると、彼女が興を殺がれた顔を見せた。

「そんなの、どうだっていいじゃない」

「よくないよ」

「だって、あたしはべつに、お姉ちゃんからお義兄さんを取るつもりなんてないんだもの」

だからセックスしても許されるというのか。そんな理屈が愛妻に通用するとは思えなかった。

（ええい、もう）

弘志は真沙美を抱きしめ、唇を重ねた。せめて喘ぎ声だけでも抑えようと思ったのだ。

「む――」

その瞬間、彼女のからだが強ばる。こっちからキスするのはまずかったかなと思いつつ、舌を入れると応じてくれた。

「ンふぅ」

切なげな鼻息をこぼし、深く絡ませてくれる。歓迎しているとわかり、愛しさがこみ上げた。

夫婦関係を壊すつもりがないというのは、きっと真実だ。真沙美だって、せっかく手に入れた家族を失いたくないはず。

（みんな大切な家族なんだ）

こんなことになっても、関係は変わらない。これからも三人、ずっと一緒だ。

背中を撫でていた手を、弘志は若尻へと移動させた。上下にはずむふっくらした丸みを揉み、臀裂に指を忍ばせる。結合部に滲む淫液を絡め取ると、谷底のツボミをヌルヌルとこすった。

「むふッ！」

真沙美が鼻息をこぼし、イヤイヤをするように身をくねらせる。それにもかまわずアヌスを刺激し続ければ、若い肢体がガクガクとわなないた。

膣の締まりが強烈になる。彼女を感じさせるためにしたことが、自らにも返ってきた。

（あ、出る）

歓喜の震えが全身に行き渡る。蕩ける悦びにまみれ、堪えようもなく熱い樹液を噴きあげた。

「むふぅうーン」

ほとばしりを感じたか、真沙美が悩ましげに呻く。彼女の奥にドクドクと精を放ちながら、弘志は充実したひとときに酔いしれた。

第四章　姉と妹と……

1

「あ、あ、あ、ふ、深いー」

婚声がリビングに響き渡る。

ソファーの上で四つん這いになり、はしたなく尻をくねらせるのは真沙美である。その真後ろに陣取り、弘志は若い膣を気ぜわしく貫いていた。

ふたりは下半身のみを脱いでおり、いかにも慌ただしく交わっているという図式だ。ケモノの体位が、いっそ相応しい。

日曜日の昼下がりに、大胆にもこんな場所で許されない行為に及んでいるのは、彼女にせがまれたからである。セックスでもイカせてほしいと。

（こんなことは二度としないって、誓ったはずなのに……）

悔やみつつも、腰が止まらない。いけないことだとわかっているのに、甘美な締めつけを浴びる分身が、さらなる悦びを求めるのだ。

まさにこれは、麻薬に等しい禁断の快楽なのかもしれない。

「ね、もうちょっとでイケそうなの。もっと奥を突いてぇ」

はしたない要請に応えながら、弘志はここに至る経緯を振り返った。

金曜日の深夜に真沙美と交わり、昨日の土曜日は、彼女とは何もなかった。麗子はずっと家にいたし、ふたりっきりになる時間はなかったのである。

もっとも、仮にチャンスがあったとしても、弘志は手を出さなかったであろう。

一昨日の夜、シャワーを浴びて寝室のベッドに入ると、先に眠っていた麗子が抱きついてきた。起きていたのかとドキッとしたものの、気持ちよさそうな寝息が聞こえた。

ふたりで寝るときは、だいたいいつも抱き合っている。そばに夫が来たのを眠っていても悟り、条件反射でしがみついたのだろう。

弘志が義妹との交わりを後悔したのは、そのときだ。妻を愛しく思う気持ちが、罪悪感を呼び覚ましたのである。

やっぱり間違っていたと、弘志は深く反省した。夫が妹とセックスしたと知ったら、そこにどんな理由があったとしても、麗子は酷く悲しみ、怒り、絶望するはず。そんな思いをさせてはいけないのだ。

そう決意したからこそ、土曜日は何事もなく一日を過ごせて、心からよかったと思った。

昨夜、真沙美がアルバイトから帰宅したのは、いつもと同じく午後十時を回ってからだった。かなり忙しかったらしく、シャワーを浴びるとすぐ部屋へ入り、休んだようだ。

そのあとでベッドに入ってから、弘志は麗子を抱いた。十日ぶりぐらいになる夫婦の営みだった。

このところ疲れ気味だった彼女も、金曜の夜から土曜日の朝まで、十時間以上もぐっすり眠ったおかげで、かなり元気になった。また、家事も弘志がほとんどやったから——これは罪滅ぼしのつもりだった——ゆっくり休めたようである。

セックスを求めたのは麗子のほうだ。弘志は無理をしないでいいと気遣ったが、彼女はわたしがしたいのと、珍しくストレートなおねだりをした。家事までしてくれた夫への、お礼のつもりもあったのだろう。

隣で眠っている真沙美を起こさないよう気をつけて、ふたりは愛撫を交わした。シックスナインを促すと、恥じらいながらも応じてくれて、互いの性器をねぶり合った。

そのあと、正常位で交わった。くちづけをしながらなら、喘ぎ声を抑えられるからと。

弘志が射精するまでに、麗子は二度、昇りつめた。疲れていても、夫に抱かれたいとずっと願っていたのではないか。それがようやく叶い、待ち焦がれていたぶんイキやすかったようである。

終わってから、ふたりでシャワーを浴び、弘志はバスルームでフェラチオをされた。全裸の妻に欲情し、勃起したからだ。そのまま彼女の口内に発射し、再びベッドに入ったのは午前二時近かった。

今朝は三人とも、起きたのが午前九時過ぎであった。家族揃っての朝寝坊は珍しい。みんな疲れていたんだねと、遅い朝食を摂りながら笑い合った。

そして午後、弘志は日頃の運動不足解消のため散歩に出かけ、帰ってみると麗子の姿がなかった。

「お姉ちゃん、会社のお偉いさんに呼ばれて飛んでったの。見積書にとんでもないミスがあったとかって」

真沙美の口振りは、どこか他人事のようであった。まだ学生ゆえに、社会人の厳しさが実感できていないのではないか。

おまけに、チャンスだとばかりに交歓を求めてきたのである。

「帰りが遅くなりそうだからって、お姉ちゃん、あたしに夕飯をお願いって頼んでいったの。だから、時間はたっぷりあるってわけ」

やる気まんまんという体で迫られて、弘志は怯みかけた。けれど、きっぱりと拒否した。

「真沙美ちゃんとは、もうそういうことはしない。おれは麗子を悲しませたくないんだ」

彼女は虚を衝かれた様子であったが、そんなことで引き下がりはしなかった。

「言ったじゃない。あたしは、お義兄さんをお姉ちゃんから奪ったりしないって。このことは、ふたりだけの秘密だもの」

それでも首を縦に振らないでいると、思いも寄らない逆襲をされた。

「お義兄さんたち、ゆうべエッチしたでしょ。お姉ちゃん、二回もイッたよね」

さらに、バスルームで奉仕されたことも、真沙美は知っていた。ずっと起きて、こちらの動向を窺っていたようだ。

もしかしたら、バイトで疲れたふうだったのは、すべて芝居だったのか。義兄との淫らな展開に持っていくための。

「あたし、オナニーやクンニでならイケるけど、まだエッチでイッたことないんだ。だから、お義兄さんにイカせてほしいの」

そんなふうにおねだりをされたら、邪険にしにくい。なぜなら、夫婦の営みに刺激を受けて、セックスを求めてきたのである。負い目もあり、絶対にできないという頑なな気持ちが揺らいだ。

何よりも、彼女が目の前でショートパンツと下着を脱ぎ、下半身を大胆に晒したことが決め手となった。

「ねえ、オマ×コ舐めて」

ソファーに尻を据え、義兄を誘う女子大生。M字開脚で両膝を抱え、女芯ばかりか秘肛のツボミまでまる見えのポーズを取った。

これ以上にいやらしい光景を、かつて目にしたことがあっただろうか。休日のごく平和な日常が、たちまち淫らに彩(いろど)られる。

気がつけば、弘志は生々しいかぐわしさを放つ源泉に、顔を埋めていた——。


「あ、あ、来る……イキそう」

真沙美の極まった声で我に返る。力強い腰づかいで蜜苑を穿ち続けた結果、いよいよオルガスムスが迫ってきたようだ。

(ええい、これがほしかったんだろ)

いささか荒んだ心持ちで、抽送のリズムをキープする。せっかく捉えた上昇気運を逃さぬよう、慎重かつ大胆に攻めた。

逆ハート型のヒップの切れ込み、ヒクつくアヌスの真下に見え隠れする肉色の棒は、白い濁りをべっとりとまといつかせていた。そこからたち昇るセックスの饐えた匂いに鼻を蠢かせたとき、

「あ、ああっ、イク、イクぅ」

真沙美がのけ反ってアクメ声を放つ。無意識にペニスを逃すまいとしたのか、女芯がキュウキュウとすぼまった。

弘志はまだ余裕があった。行為にのめり込めていなかったためだろう。心の片隅で、ずっとわだかまりを抱いていたのだ。

そのため、義妹が「イクイク」と昇りつめ、半裸のボディを強ばらせたあとも、抽送を続けた。

「え？」

ピストン運動が続いていることに気がつき、脱力したはずの真沙美が「イヤぁ」と身をよじる。逃げようとした若尻を、弘志は両手でがっちりと摑まえて離さなかった。

「ダメダメ、い、イッたのぉ」

絶頂直後の膣内を抽送されるのは、あるいは射精後の亀頭をこすられるのと似た感覚なのだろうか。いや、彼女の反応は、それ以上に激しいものであった。

「あ、ホントにダメ、おかしくなる。ね、やめて。あ、あああ」

喘ぎ、よがり、すすり泣く。自分からセックスを求めたくせに、今さら何だよという思いで、弘志はヌメつく芯部を蹂躙した。

「ダメっ、またイク」

ハッハッと犬みたいな荒い息づかいを示したあと、真沙美は苦しげに「ううう」と呻いた。

「イッちゃう、イッちゃうぅ」

二度目の絶頂に、若い肢体がガクンガクンとはずむ。強烈な悦びを味わったようだ。

それにもかかわらず、容赦なく腰を振り続ける。

「うあ、ああ、うふぅううう」

尻を掲げ、ソファーに顔を伏せた女子大生は、瀕死のケモノのような声を上げた。経験したことのないエクスタシーで理性が吹っ飛び、本能だけの存在になり果てたかに映る。

それでも、三度目の波濤が迫ると、「ダメダメぇ」と髪を振り乱した。

「イッちゃう。またイク。死んじゃう。あああああっ！」

そこに至って、弘志もいよいよというところまで来た。腰づかいの速度が増したため、女体は性感曲線が下降することなく、いっそう高い地点まで放り上げられたらしい。

「ダメッ、ダメぇえええ、あ、あはッ、くはっ！」

喘ぎの固まりを吐き出し、真沙美が限界を迎えた。最後の力を振り絞って、どうにか義理の兄から離れる。

　ぴたんっ！

　女芯からはずれた分身が、勢いよく反り返って下腹を叩く。射精寸前のそれを握りしめた弘志の視界に、ソファーに横臥した義妹の横顔が入った。

　途端に、嗜虐的な感情が沸き立つ。

（自分だけイケば、それでいいのかよ）

　絶頂間近でガクガクする腰を叱りつけ、ソファーから降りる。床に膝をつき、肉槍の穂先で愛らしい容貌を狙った。

　そして、猛然としごく。

「おおおっ」

　歓喜の雄叫びが、目のくらむ愉悦を呼び込む。頭の芯が絞られる感覚に続き、硬肉の中心を熱いトロミが駆け抜けた。

　びゅるんッ――。

　ほとばしった白濁汁が、美貌を穢す。鼻筋にのたくり、閉じた瞼を彩り、髪の毛にもかかった。

「うう……」

顔面発射を受けたと気づいたのか、真沙美が顔をしかめる。小鼻がふくらんだから、青くさい匂いを嗅いだに違いない。

女性の顔にザーメンをぶっかけるなんて、弘志には初めての経験であった。それだけに昂奮が著しく、射精が長引いた。

虚脱の時間が訪れる。根元からくびれに向かって強くしごき、最後の雫を絞り出すと、全身が倦怠にまみれた。

弘志は床に尻をつき、肩で息をした。漂う精液の匂いに、物憂い気分を募らせながら。

そのとき、

「え、なに!?」

背後からの声に、瞬時で我に返った。

(え——)

振り返った弘志が目撃したのは、驚愕をあらわに佇む麗子の姿であった。その手には、買い物用のエコバッグが提げられている。

会社に呼び出されたというのは、真沙美の嘘だったのだ。騙されたことに気がついても、怒りなど湧いてこない。それどころではなかったからだ。

リビングで、夫と妹が下半身をまる出しにしているのである。行為の決定的な場面を目にせずとも、何があったのかなんて考えるまでもなかったろう。

おまけに、妹の顔には、白い粘液がのたくった模様を描いている。それが何なのか、現物を何度も見ている麗子には、一目瞭然であったはず。

「あー、もう帰ったの？　ゆっくりしててもよかったのに」

真沙美がのろのろと身を起こし、能天気に声をかける。顔に付着した精汁を指で拭い取り、あろうことか口に運んだ。じゅるッと音を立ててすすり、甘いクリームでも舐めたみたいなうっとりした顔を見せる。

「お義兄さんの、すっごく濃いね。ゆうべ、お姉ちゃんとエッチしたばかりなのに。お風呂場でもフェラされたんだよね」

この発言に、麗子がハッとして弘志を睨む。夫が夫婦の秘密をバラしたと思ったようだ。

それを悟ってか、真沙美がすかさず事実を述べる。

「言っとくけど、お義兄さんから聞いたわけじゃないからね。いくら声を出さないようにしたって、隣でパコパコやられたらわかっちゃうの。お風呂場のアレだって、お姉ちゃんがおいしそうにおしゃぶりする音が、外まで聞こえてたし」

下品な言い回しで指摘され、麗子がうろたえる。しかし、そんなことでこの場がどうにかなるとは思えなかった。

(どういうつもりなんだ、真沙美ちゃん)

義妹の意図が摑めず、弘志は困惑した。

姉から義兄を奪うつもりはないと、彼女は言った。それを、夫婦関係に支障が出ないようにするという意味だと捉えていた。

なのに、弘志と許されない関係を持ったことを、真沙美はわざと麗子に見せたのである。そんなことをしたらどうなるかなんて、わかっていたはずなのに。

おまけに、彼女は余裕綽々で姉と向き合っている。

「――だ、だからって、こんなことをしていい理由にはならないでしょ」

麗子がどうにか言い返す。真沙美は不遜な態度で顎をしゃくった。

「お姉ちゃんに、あたしたちを非難できる資格があるの?」

「どういう意味よ?」

「ま、お姉ちゃんには感謝してるけどね。ママが死んじゃって、ずっとあたしの母親代わりをしてくれたわけだから。彼氏も作らないで、家族のために尽くしてきたんだもんね」

感謝していると言ったわりに、口調は明らかに攻撃的だった。思春期の頃、父親に反撥していたそうだが、そのときもこんなふうだったのだろうか。

「何よ、その言い方」

麗子が苛立ちをあらわにする。どことなく妹を恐れているかにも映ったものだから、弘志は訝った。

(なんか、麗子のほうが押されてないか?)

いっそのこと、何を言われるのかと怯えている感じすらある。あるいは、弱みでも握られているのか。

「大変だったよね。母親の役と、それから、妻の役も務めて」

「真沙美っ!」

麗子が叱りつけるように名前を呼ぶ。これ以上何も言わないでと、悲痛な思いが込められているかに聞こえた。

(妻の役……どういう意味だ?)

父親の身のまわりの世話をしていたなんてニュアンスではない。真沙美は不敵な笑みを浮かべると、突き放すように言い放った。

「あたしがパパの言うことを聞かなくて荒れたのは、ただの反抗期だと思ってたの？　あたしがどれだけ傷ついてたか、わかってる？」

　ひょっとして、彼女は父親から性的虐待を受けたのか。不意に浮かんだ推測を、弘志は直ちに打ち消した。そうではないと、絶望を浮かべた妻の顔から悟ったのである。

「お義兄さんに教えてあげたら？　お姉ちゃんが、どんなふうにパパのお相手をしていたのか」

　真沙美の言葉に、弘志は全身から力が抜けるのを覚えた。

「……どういうことなんだ？」

　妻に向かって疑問を発する。しかし、隠されていた事実が禁断の行為なのだと、すでに悟っていたのである。

　麗子がその場に崩れ落ちる。床に膝をつき、がっくりと肩を落とした。

「ごめんなさい……」

　涙声の謝罪に、弘志は目の前の景色が急速に色褪せるのを感じた。

それは紛れもなく事故であった。意図することなく起こった出来事だったのである。

2

「お父さん――」

麗子が父親の部屋のドアを、ノックもせずに開けたのは、お茶と茶菓子の載ったお盆を持って、両手が塞がっていたからである。そのため、レバー式のノブを肘で下げ、中に入ったのだ。

そのとき、父親は向かって左側の壁際にあるデスクで、パソコンと向き合っていた。

父は、たまに仕事を持ち帰ることがあった。今日も夕食後からずっと自室にこもり、大変だなと思ってお茶を用意したのだ。

娘の突然の入室に、彼は狼狽した。半脱ぎのズボンを急いで引っ張り上げ、パソコンに映し出されていた何かを消した。

いったい何が起こったのか、麗子はすぐにはわからず立ち尽くした。

父は明らかに股間を露出していた。ほんの一瞬だけ見えた肉色の何か、あれは男性器ではなかったか。

そこまで考えて、父親が自慰をしていたのを理解したのである。

異性と交際したことも、性的な体験も一切なかった麗子だが、当時二十二歳。大人であり、セックスの知識は相応にあった。経験がないぶん、興味を募らせていたところもあったろう。

学生時代には、友人からけっこう露骨な話を聞かされた。弟の部屋に入ったら、いやらしい本を見ながら自分でしていたなんて、卑猥なジェスチャー付きで教えられたこともあった。そのとき、シコるという言葉を憶えた。

——お父さん、オナニーをしてたんだわ。

おそらく、パソコンでアダルトサイトの類いを見ながら。さっきのうろたえっぷりは、友人が目撃した弟の振る舞いそのままであった。

意外だったのは、父が四十代の後半になっていたからだ。自分で欲望を処理するなんて十代か、せいぜい二十代までの若い男だけかと思っていた。

とは言え、母を亡くしてから、四年もひとりでいる。家と会社を往復するぐらいの真面目人間で、付き合っている異性がいるとは思えない。そういう類いのお店とも無縁のようだ。

そうなれば、自ら何とかするしかない。

事情を察したためもあり、麗子は男親のマスターベーションに嫌悪を覚えなかった。父のことは好きだったし、自分たちのために毎日頑張っているのに、パソコンでその手の画像や映像を見て、侘しく処理することしかできないなんて。

そう考えると可哀想になった。

実は麗子自身も、自愛行為が習慣になっていた。

始めたのは中学生のときで、当初はぼんやりした快感を得るだけであった。イクことを覚えたのは、高校卒業後である。母親の代わりを務めることでストレスが溜まり、それを発散するために回数が増えたことも関係していたのか。

妹と一緒の部屋だったので、麗子は夜中にこっそりとリビングへ移動し、オナニーをすることが多かった。そのときはスマホで画像や動画を検索し、無修正の生々しい交わりを見ながら自らをまさぐった。経験がないから、他人の行為をオカズにするしかなかったのだ。

よって、昂奮状態の男性器がどんな形状になるのかも知っていた。おかげで、父親のそれを目にしても悲鳴を上げずに済んだようだ。

ともあれ、自らの寂しい境遇を父親に重ねて共感し、何とかしてあげたくなる。そのときふと、数日前のことを思い出した。

麗子が風呂上がりに脱衣所で、バスタオルを巻いただけの格好でスキンケアをしていたところ、父がいきなりドアを開けたのだ。彼はかなり焦り、顔を背けると急いでドアを閉めた。ごめんと謝る声も聞こえたから、中に娘がいると気づかなかったのだ。

べつに裸を見られたわけではないから、麗子は何とも思わなかった。むしろ、父親の慌てぶりに首をかしげた。親子なのに、どうしてあんなに恥ずかしがったのだろうと。

——わたしのこと、女性として意識したのね。

今になって気がつき、何をするべきなのかを悟る。

麗子はおしりでドアを閉めると、父親に近づいた。手にしたお盆をデスクに置いたとき、彼は打ちひしがれ、うな垂れていた。娘に自慰を見られ、恥じ入っているのは明らかだ。

お父さんにだけ、恥ずかしい思いをさせてはならない。麗子は父の肩にそっと手を置き、「ごめんね」と謝った。

「わたしが、いきなりドアを開けたりしたから」

父は驚いた顔でこちらを振り仰いだ。いやらしい、不潔だなどと、非難されるのを覚悟していたようだ。

麗子はデスクの後方にあるベッドの脇に進んだ。父に背中を向け、着ていたものを脱ぐ。決心が揺らぎそうだったので、なるべく急いで。

そのとき、背後からナマ唾を呑むような音が聞こえたのは、気のせいだったのだろうか。

全裸になった麗子は、ベッドに腰掛けて父親と向き合った。

「お父さん、わたしで——していいよ」

昂奮するためのオカズとして自らを差し出し、目を閉じる。見られていたらやりにくいのではないかと、何も経験がないなりに推察したのだ。

間もなく、荒い息づかいが聞こえてきた。

薄目を開けて確認すると、父は椅子を回転させてこちらを向いていた。ズボンと下着を脱ぎ、股間の右手を忙しく上下させて。

握られた牡器官は頭部を赤く腫らしており、初めて本物を目にした処女にはかなり衝撃的であった。肉親のものだから尚さらに。

そのくせ、胸にあやしい疼きを感じたのである。

時間をかけることなく、父は射精した。ほとばしった白い粘液はかなり飛び、麗子の爪先にもかかった。それが母親の子宮内で卵子と出会い、自分が誕生したのだと考えると、不思議な心持ちがした。

以来、麗子は何度か、父親の前に生まれたままの姿を晒した。

二回目までかなり間が空いたのは、父が後悔していたからだ。娘の裸でオナニーするなんて最低だと、かなり自分を責めていたようだ。

それを察して、麗子のほうから部屋へ行った。

「お父さんは、わたしたちのために毎日頑張ってるんだもの。これは、わたしからの感謝のしるしなの。お父さんは何も気にしないで、わたしの裸ぐらい、いくらでも見てちょうだい」

娘の説得に応じて、彼は戸惑いつつもズボンを脱いだ。

求められて、性器がよく見えるように脚を開いたり、四つん這いになっておしりを向けたこともある。そのときはさすがに恥ずかしかった。見られることよりも、視線を感じてアソコがムズムズし、濡れてくるのが自分でもわかったからだ。

終わったあと、麗子はトイレで、声を殺してオナニーをした。父親が大きくなったペニスをしごくところと、精液を出すところを思い出しながら。

一度だけ、父を射精させたことがある。将来のためにどうするのか知っておきたいと適当な理由を述べ、硬くなった男根を握った。逞しさと、雄々しい脈打ちに怯みそうになりつつも手を動かし、切なげな呻き声を耳にしながら、熱い体液を素肌で受け止めた。

けれど、父と娘の関係は、それ以上エスカレートすることはなかった。強ばりに触れたのは一度だけだし、回数も全部で二十回に満たなかったであろう。五十歳の手前ぐらいから父は精力が衰え、そういう気分にならなくなったと言われたあとは一切なかった。

のちに、衰えたのは病気が原因だったとわかった。

父親の前で肌を晒し、自慰の手助けをしていたなんて、夫に打ち明けられるはずがない。父も鬼籍に入ったし、他に知る者はいないのだ。麗子にも多少なりとも罪悪感があったから、あのことは秘密にしなければならないと思った。

ただひとつ、懸念されることがあった。

かつて、反抗的な妹と父のあいだで、麗子は苦労させられた。その当時は、難しい年頃だから仕方ないと、半ば諦めていた。他の理由については、考えたくもなかった。

今日、妹から、自分と父がしていたことを知っていたと教えられた。それから、そのせいで反撥していたとも。

麗子の胸に去来したのは、やっぱりそうだったのかという後悔だった。

彼女の自堕落な行動の、きっかけになったのは自分なのだ。何をしようが、夫と関係を持とうが、責められるものではない。

──悪いのは、全部わたし。

麗子は罪を背負う覚悟を決めた。


(──本当なのか?)

妻の告白を聞き終えても、弘志はそれが単なる作り話ではないのかという疑念を拭い去れなかった。

もっとも、麗子はそんな趣味の悪い話をでっちあげられる人間ではない。それに、処女だったのに男性器に抵抗がなかったのもそのせいだったのかと、納得させられる部分もあった。

なのに信じ難かったのは、単純に信じたくなかったからである。

彼女の父親を、弘志は遺影でしか知らない。高校三年で担任したときに三者面談があったが、そのときは母親が来校したのではなかったか。

写真の義父はなかなかの男前で、その血を色濃く引き継いだ真沙美が、愛らしい娘に育ったのもうなずける。そうすると、麗子は母親似で、だから父親の欲望の対象になってしまったのか。

いや、その解釈は正しくない。麗子は自ら、男親の自慰のオカズになったのだ。自分たち姉妹のために頑張る彼をねぎらうために。

謂わば身を投げ出しての親孝行だ。彼女は献身的で、尽くすタイプなのである。

だが、そこに性的な要素が加わると、怖気が走る。

「そりゃ、年頃の女の子は傷つくよね。お姉ちゃんがパパにハダカを見せて、オナニーのオカズになってたなんて知ったら。あたしは、そんなことをするパパが許せなかったし、だからあんなに反抗したの」

真沙美の発言を、弘志は言葉どおりには捉えなかった。他にも理由がある気がしたのだ。

（……真沙美ちゃん、寂しかったんじゃないのかな）

母親が亡くなり、父と娘ふたりの親子三人。そんな中で、姉が父親と親密に

なったら、自分だけが取り残されてしまう。精一杯の呼びかけだった
真沙美の反抗は、わたしをひとりにしないでという、精一杯の呼びかけだったのかもしれない。

すっかり打ちひしがれた様子の麗子は俯いて、床に涙の滴をこぼしていた。娘に自慰を見られたときの彼女の父親も、こんな感じだったのだろうか。弘志はそんなどうでもいいことを考えた。

「まあ、でも、パパは死んじゃったし、あたしはお姉ちゃんのこと、恨んでないから安心して」

真沙美は姉に寄り添い、肩を優しく抱いた。下半身をあらわにし、顔に乾いたザーメンをこびりつかせたまま。

「そのときはショックだったし、腹も立ったけど、あれはお姉ちゃんの優しさなんだってわかってからは、しょうがないかって受け入れることにしたの。べつにエッチさせたわけじゃないし、結婚するまでバージンを守ってたわけでしょ。簡単に捨てちゃったあたしと比べたら、立派なものよね」

自虐的な台詞に、麗子が怖ず怖ずと顔を上げる。妹を見つめて、また「ごめんね」と謝った。

「だから、お姉ちゃんは謝らなくてもいいの」

真沙美がこちらを向いたものだから、弘志はドキッとした。彼女が勝ち誇った笑みを浮かべていたからだ。

「それに、これでお姉ちゃんは、お義兄さんと対等になれたじゃない。お義兄さんは、お姉ちゃんの過去を知ってたわけでもないのに、あたしの誘惑に負けてエッチまでしたのよ。これって立派に、妻に対する裏切りだよね。お姉ちゃんの過去に何があっても、責める資格はないわ」

そういうことだったのかと、弘志はようやく理解した。

(おれを麗子と同罪にさせたかったんだな)

何度もいいように操られてきたが、最終的な目的はこれだったのだ。夫が妹と関係を持ったところを目撃させ、姉の呪縛を解くことが。

いや、それだけではない気がする。真沙美の目的は、もっと別のところにあるのではないか。

「じゃあ、ふたりはとりあえず寝室に行って。あたしはお姉ちゃんの買い物を冷蔵庫にしまって、顔を洗ってから合流するね」

完全にこの場の主導権を握った彼女に、弘志も麗子も逆らえなかった。

3

夫婦の寝室に入り、ふたりは並んで腰掛けた。少しだけ距離を空けて。

さすがにフルチンではみっともなく、弘志はズボンを穿いていた。ブリーフに脚を通す余裕はなく、ノーパンであったが。

股間は激しい蜜事の名残でベタついていた。それゆえに居心地が悪く、無言の時間にも耐えられなくなる。

「……ごめん」

追い詰められた気になり、弘志は謝った。妻の妹に手を出したのは事実であり、他に言うべき言葉が見つからなかったのだ。

すると、麗子が小さくかぶりを振る。

「ううん。わたしのほうこそ」

掠れ声で言い、鼻をすする。途端に、さっきから胸に巣くっていたわだかまりが、すっと消えた。

父親との逸脱した関係に嫌悪を覚えたのは確かである。だが、真沙美が言ったとおり、彼女は一線を越えなかったのだ。父親のほうも罪悪感があったようだし、頻繁にそういうことをしていたわけではない。自分が真沙美と交わったのとは違い、欲望に駆られた行為でもなかった。

何より、弘志は今も麗子を愛していた。

ふたりきりになり、同じ部屋の空気を吸い、気持ちがこんなにも穏やかになれた。愛しい気持ちは少しも変わらない。それはきっと、これからもそうだ。

弘志は尻をずらし、彼女に近づいた。ベッドカバーに置かれた柔らかな手に、自分のものをそっと重ねる。

「え？」

麗子がこちらを見る。目を潤ませ、手を握り返した。指を深く絡ませて。

「許してくれるの？」

「許さないわけがない。ていうか、おれのほうがはるかに悪いことをしたんだ。真沙美ちゃんとあんなことを――」

「だけど、真沙美に誘惑されたんでしょ」

事実であったが、認めるのは男らしくない気がして、弘志は黙った。すると、麗子がうなずく。

「わたしにはわかるの」

それが、妹の行動などお見通しという意味なのか、それとも、夫のことを信じているると言いたいのか、弘志にはわからなかった。

そこへ、真沙美がやって来る。顔を洗うと言ったのに、一糸まとわぬ姿で。

「へえ、いい雰囲気じゃん」

手を握り合った姉夫婦を見て、面白がってからかう。ふたりは焦って手を離した。

「ちょっと、どうして裸なの？」

姉に咎められても、彼女はどこ吹く風だ。

「ふたりが仲良しだから、あたしも仲間に入れてもらおうと思って」

平然と言い放ち、さっさとベッドに飛び乗る。スプリングがかすかな軋みをたてた。

「それじゃ、三人でいっぱい愉しもうね」

朗らかな宣言に、弘志と麗子は顔を見合わせた。

「お願い。せめてシャワーを浴びさせて」

姉の懇願を、真沙美は「だーめ」と一蹴した。

「そんなことしたら、せっかくのいいニオイが消えちゃうじゃない。お義兄さんは、オマ×コがプンプン匂うのが好きなんだから」

性癖をあからさまに言われ、弘志は顔をしかめた。もちろん、そんなことは麗子も知っているのだが。

三人とも全裸で、ダブルベッドの上にいる。真沙美にせがまれ、弘志は麗子と抱擁し、くちづけを交わしたのだ。夫婦ともに負い目があり、拒める状況ではなかったから。

そのあと、クンニリングスをするよう指示されたのである。

もはや逃れるすべはないと悟ったか、仰向けになった麗子は両手で顔を覆い、好きにすればいいという態度。仕方がないと諦めつつも、実はあやしい期待がふくれあがっているのではないか。火照って甘い香りを漂わせる肌が、そんなふうに思わせた。

弘志のほうも、義妹を交えた三人でコトに及ぶ状況に昂っていた。それぞれと交わっていても、ふたり一緒というのはやけに新鮮だ。

そのため、妻の脚をM字のかたちで大きく開かせ、中心部分を目の当たりにしただけで、軽い目眩を覚えたのである。漂う独特の淫香に、劣情を煽られたためもあった。

「待って。あたしにも見せて」

口をつける前に、真沙美が割り込んでくる。姉の陰部をしげしげと観察し、感心した面持ちでうなずいた。

「お姉ちゃんって、毛が濃いよね。ほら、毛深い女は情が深いとか言うじゃない。あれ、当たってるってことかな」

「それだと、真沙美ちゃんは情が薄いってことになるけど」

からかうでもなく言うと、義妹がむくれる。それから、悩ましげな顔つきで、鼻をすんすんと鳴らした。

「ねえ、あたしのオマ×コもこんなニオイなの?」

やはり自分の性器臭が気になるようだ。

「ちょっと違うかな。真沙美ちゃんのは、もっとチーズっぽいよ」

「ふうん」

そんなやりとりが耳に入ったのか、麗子が「うー」と呻いて腰を揺する。夫と妹のふたりに秘部を見られる恥ずかしさもあるのだろう。

「それじゃ舐めてあげて。ちゃんとイクまでね」

言われて、弘志は迷いなく女芯にくちづけた。恥叢を舌でかき分け、湿った裂け目を探る。

「あ――」

声が洩れ、下腹が波打つ。妹の目の前でも、女の歓びを知ったからだは快感に抗えないようだ。

それでも、はしたないところは見せられまいと、口を結んだようである。

夫としては、妻の味方をすべきなのだろう。けれど、こんな状況で体裁を繕っても意味はない。これからのためにも、有りのままの姿を晒したほうがいい。

真沙美は三人でのふれあいを求めているのだ。家族の誰ひとりとして仲間はずれにならないよう。

それが少女時代のつらい思いから育まれたのか、それとも、理想の家族を追い求めてこういう結論になったのかはわからない。

ただ、少なくとも弘志は賛同できる。妻も義妹も相手にできてラッキーだなんて助平根性は否定しないが、それは同時に、彼女たちの人生を背負うことでもある。楽な道ではないし、苦労も多いはず。

それでも、どちらも愛しい家族なのだ。麗子と真沙美、ふたりとも大切にしたかった。

麗子のほうは、まだそこまでの心境になっていないようである。こんなのは一時的な戯れだと捉えているかもしれない。妹に負い目があるから、従っているだけの可能性もある。

ならば、三人で共に過ごす良さを、からだに教えるしかない。

敏感な肉芽を狙って舌を律動させると、「あ、あっ」と反応がある。熟れ腰がくねり、息づかいもはずんできた。

「それじゃ、あたしはおっぱいを気持ちよくしてあげるね」

真沙美の声。上目づかいで確認すると、姉の乳房をやわやわと揉んでいた。

「あん、だ、ダメぇ」

抗う声など、当然無視である。

「いいなあ。お姉ちゃんはおっぱいが大きくて」

無邪気な感想は、彼女の本音であったろう。

これまで真沙美と淫らなことをしたときは、下半身しか脱がなかった。さっき初めて全裸を目にしたのであるが、腰回りこそ女らしく丸みを帯びていても、胸のふくらみは控え目であった。

ただ、かたちがいいし、頂上の突起も薄い紅色だ。淡い繁みと合わせて、いかにも美少女という趣。愛らしい面立ちに合っていると思った。

それでも、本人にはコンプレックスなのかもしれない。

「はああっ」

麗子がひときわ大きな声を出す。真沙美が乳頭に口をつけたのである。幼くして母を亡くしたから、甘えたい願望があったのではないか。

もっとも、おっぱいを欲しがっているわけではなく、舌づかいは愛撫のそれのようだ。

「だ、ダメ、しないで」

抵抗する声も、チュパチュパと派手な舌づかいにかき消される。弘志も負けじとクリトリスを狙い、舌先ではじいた。

「あひっ、あっ、ハッ、あふぅ」

夫と妹にふたりがかりで攻められて、麗子があられもなく身悶える。「イヤイヤ」と身をよじりながらも、多量の蜜を溢れさせた。

(ああ、すごくいやらしい)

乱れる姿にそそられて、弘志は再勃起した。しかし、この程度はまだ序の口だったのである。

「んんーン、ンふぅ」

麗子の喘ぎ声が、いきなりくぐもったものになる。何事かと顔を上げた弘志は驚愕した。真沙美が姉にキスをしていたのだ。

女性同士のくちづけを目の当たりにするのなんて初めてだ。しかも、彼女たちは血の繋がった姉妹なのである。

(真沙美ちゃんって、レズの気があったのか?)

いや、男とも普通にセックスをするから、バイセクシャルが正しいのか。もっとも、姉を慕うあまりのスキンシップとも考えられる。

それにしては、かなり濃厚だ。舌も入れているらしく、唇と唇のあいだに蠢くものが見え隠れする。

そのうち、麗子は抵抗しなくなった。妹とのキスに感じさせられたのか、単純に諦めたのかは定かではない。

「ふう」

真沙美が顔を上げ、ひと息つく。濡れた唇が、やけに妖艶だ。

「ねえ、早くクンニでイカせてあげて」

睨まれて、弘志は慌てて秘芯ねぶりに戻った。

(え、こんなに?)

ちょっと離れていたあいだに、秘芯がかなりの蜜をこぼしていた。妹とのキスで、それだけ感じたというのか。

弘志は負けていられないとばかりに舌を律動させ、溜まった蜜も音を立ててすすった。

「あふ、ハッ、あひぃいい」

気のせいか、麗子の喘ぎ声がはしたなくなった気がする。完全に吹っ切れて、快感に身を任せているふうだ。その証拠に、自ら両膝を抱えて、舐めやすい姿勢を取った。

ならばと、これまでしたくてたまらなかったことに挑戦する。舌の位置をずらし、恥ずかしいツボミをチロチロと舐めた。

「キャッ」

悲鳴が聞こえる。さすがにまずいかなと舌を引っ込めたものの、咎められはしなかった。

それをいことに秘肛舐めを続けると、豊臀がくねくねと左右に揺れる。

「もう……そこ、おしりよぉ」

なじる声に、嫌悪の色はない。むしろ悩ましげだ。

父親の自慰を受け入れられたのは、麗子自身もその行為が習慣になっていたためだろう。裸体をオカズに差し出したのだって、自らもまさぐるときに、そういうものを必要としていたからに違いない。

彼女は長らく処女を守っていたぶん、性への興味関心はひと並み以上で、知識はかなりのものがあったと推察される。所謂耳年増というやつで。

だとすれば肛門への愛撫も、ごく普通にあることとわかっていたのではないか。

クンニリングスに抵抗を示したのは、性器を見られることが恥ずかしかったからだ。もしかしたら、父親に見せたことを思い出し、罪悪感がぶり返したのかもしれない。

一方で、フェラチオは自ら挑んだ。やはりセックスへの関心が強かったのだ。

「お姉ちゃんも、お義兄さんにおしりの穴を舐められてるんだね」

真沙美の発言に、弘志は余計なことを言うなと眉をひそめた。妻よりも先に、義妹のアヌスに口をつけたとバレてしまうではないか。

もっとも、彼女はちゃんとフォローしてくれた。

「お義兄さんは、お姉ちゃんのカラダのあちこちを、もっと舐めたかったんだって。だけど、お姉ちゃんが恥ずかしがるから遠慮してたんだよ。奥さんのことをちゃんといたわって、いいダンナさんだよね」

麗子は何も答えなかったが、真意は伝わったのではないか。

「だから、これからはお義兄さんに、いっぱい舐めさせてあげて。お義兄さんはヘンタイだから、くさければくさいほど喜ぶの。腋の下とか、蒸れた足とか」

ひと聞きの悪いことをと、眉間のシワが深くなる。そもそも、弘志はまだ、腋の下を舐めていないのだ。

そのとき、秘肛がなまめかしくすぼまる。もっと舐めてとせがむみたいに。妹の話を聞いて、本当にあちこち舐められたくなったのだろうか。

いい傾向だなと思いつつ、性器とおしりを行ったり来たりでねぶる。いよいよ高まってくると、硬くなった秘核を吸いねぶり、アヌスは指でこすった。

それにより、歓喜の波が成熟した女体を包む。

「イヤイヤ、い、イクっ、イクぅうううっ!」

それは初めて耳にした、妻の高らかなアクメ声であった。

4

「ほら、今度はお姉ちゃんがお返しをする番だよ」

横臥してからだを丸めていた麗子は、真沙美におしりをぺちぺちと叩かれ、うるさそうに「うう」と呻いた。まだ絶頂の余韻が続いていたようである。

ところが、

「お姉ちゃんがしないのなら、あたしがお義兄さんのオチ×チン、おしゃぶりしよっかなあ」

妹の思わせぶりな予告に、彼女は焦って飛び起きた。

「だ、ダメよ、そんな」

真沙美が弘志にフェラチオをしたことがあると、もちろん悟っているのだろう。それでも、この場は先に口をつけなければ気が済まなかったようだ。

(ていうか、真沙美ちゃんは、いちおう遠慮してるみたいだぞ)

夫婦のふれあいを優先し、自分のことは後回しにしている。この様子だと、麗子に了解を求めずに、弘志と交わることはなさそうだ。

（もしかしたら、さっきリビングでしたアレが、最後のつもりだったのかも）

だからこそ、イカせてほしいとねだったのではないか。

弘志が仰臥すると、脇に麗子が膝をつく。反り返って下腹にへばりついた肉根を上向きにし、顔を近づけた。

（あ、まずい）

そこは義妹に挿入し、顔面発射をしたあと洗っていないのだ。すでに乾いているとは言え、愛液も精液も付着している。

麗子が悩ましげに眉根を寄せた。夫のモノに残る匂いを嗅ぎ取ったのだ。セックスのあとそのままであると察したに違いない。

にもかかわらず、迷いなく舌を出し、張りつめた亀頭をペロリと味見する。

さっき、くちづけも交わしたから、妹の愛液ならかまわないというのか。

「うう」

背徳的な昂りも快感を押しあげ、弘志は呻いて身を震わせた。

彼女は赤い粘膜に唾液に塗り込め、くびれの段差にも舌を這わせる。こびりついていた味をすべて舐め取ってから、口の中へと漲りを誘い込んだ。

ピチャピチャ……ちゅぱッ――。

卑猥な舌鼓にもうっとりする。

(……なんか、これまでより気持ちいいぞ)

義妹も交えた三人での戯れに、昂っているのは間違いない。そのせいで感じるのかと思ったが、麗子のおしゃぶりそのものも巧みになっているようなのだ。

おそらく、そばで真沙美がじっと見つめているせいだ。妹の前で、未熟なテクニックを披露できないと思っているのではないか。

「お姉ちゃんのフェラ、すごくエッチ。なんか見てるだけで、あたしもおしゃぶりされてる気分になっちゃうよ」

ペニスもないのにそんな心持ちにさせられるとは、かなりのものらしい。まあ、さすがに真沙美も、他人のフェラチオを見物するのは初めてだろう。そのせいでいやらしい気分になり、からだが疼くのではないか。

麗子は自信をつけたようで、ますます舌づかいが多彩になる。舌を絡みつかせたまま頭を上下させられ、弘志はたまらず身をよじった。

「ああ、ううう」

その呻き声も、女性たちを淫らにさせたと見える。

「お義兄さん、脚を開いて」

真沙美に言われ、弘志は膝を離した。間近でフェラチオを見物するのかと思えば、

「お姉ちゃんはオチ×チンをしゃぶってて。あたしはキンタマを舐めるから」

品のない言葉を用いて、牡の急所に口をつけたのである。

(うう、タマらない)

姉妹からの同時奉仕。しかも、秘茎と陰嚢の二箇所を攻められているのだ。背徳感もかなりのもので、こんなことをされていいのかという思いが、狂おしいまでの悦びに昇華される。

「わ、キンタマがこんなに持ちあがってる。お義兄さん、すっごく感じてるみたいだね」

真沙美が報告したとおり、あまりに気持ちよくて、睾丸が下腹にめり込みそうだ。鼠蹊部が甘く痺れ、屹立の根元で悦楽の溶岩が煮えたぎっているのがわかる。このままでは爆発は時間の問題だ。

弘志は足の指を握り込み、募る射精欲求と闘った。

さっき、顔面発射でたっぷりとほとばしらせたのだ。早々に昇りつめてはみっともないという思いはある。

だが、それ以上に、この甘美な時間を長く愉しみたかった。

しかしながら、忍耐にも限度がある。麗子が口許からはみ出した部分を指の輪でこすり、いよいよ危うくなった。

「そんなにされたら出ちゃうよ」

情けなさにまみれつつ、窮状を口にする。幸いにも、ふたりは口淫奉仕をやめてくれた。

「すごい……オチ×チン、こんなに腫れちゃってる」

真沙美が目を丸くする。麗子が根元を握ったそれは、亀頭がこれまでになく膨張し、今にも破裂しそうであった。

「これ、硬すぎるわ」

麗子も悩ましげにつぶやく。赤らんだ頰が色っぽい。

「じゃあ、お姉ちゃんのオマ×コに出すといいよ。さ、エッチして」

妹の勧めに、彼女はさすがに難色を示した。ふたりっきりにしてくれるわけではないとわかったのだろう。つまり、挿入されるところを見られるのである。

真沙美のほうは少しも気にしない。デリカシーがないというより、見届けたいことがあるようだ。

「お姉ちゃん、生理が終わって一週間ぐらい?」

「え? ああ、そうね」

「だったら、タイミング的にもちょうどいいじゃない」

麗子がなるほどという顔でうなずく。弘志は何のことかすぐにはわからなかったが、真沙美の《わかるでしょ》という眼差しで察した。

(ああ、妊娠のことか)

子供は最低でもふたりほしいという話は、麗子としていた。ただ、これまでは普通に営みをしていただけで、いつすれば受精しやすいなんてことは考えなかったのだ。

「あたし、早く姪っ子か甥っ子がほしいの。だからガンバって」

妙な励まされ方をして苦笑する。べつに、今日なら必ずできると決まったわけではないのに。

ただ、妹にそこまで言われて、麗子はその気になったようだ。

「体位はどうするの?　妊娠しやすい体位って、べつにないみたいだけど」

「普通でいいわ」

「じゃあ正常位だね」

そんなやりとりのあと、彼女は弘志と交代してベッドに仰臥した。どことなく期待に満ちた面差しで。

（……ま、いいか）

弘志も促されるまま、妻と身を重ねた。

「麗子」

名前を呼ぶと、濡れた目が見つめてくる。これまでで一番綺麗だと思った。

そのため、くちづけをせずにいられなかった。

「ん——」

唇を重ねると、歓迎するように小鼻をふくらませる。さっき、彼女が真沙美と唇を交わしたのを思い出し、負けていられないと深く舌を絡めた。

「ラブラブだね」

義妹の冷やかしに、いっそう熱意が高まる。貪欲に愛妻の口内を味わい、弘志は身も心も熱く火照らせた。

そして、いよいよ挿入という段になって、

「お義兄さん、お姉ちゃんをイカせてあげて」

新たな注文に目を白黒させる。

「できればそうしたいけど、何か理由があるの？」

「イッたほうが、妊娠しやすくなるんだって。子宮が収縮して、精子を吸い込みやすいみたい」

女性のからだが、そんな単純なメカニズムだとは思えない。信憑性はなさそうだ。

（ていうか、おれ、さっきイキそうになったんだぞ）

くちづけのあいだにいくらかおさまったとは言え、麗子が絶頂するまで持たせられる自信はなかった。

「まあ、善処するよ」

安易な確約を避ける。あとは頑張るしかない。

「お姉ちゃんは脚を上げて、お義兄さんの肩に担いでもらって」

「どうして？」

「腰を上向きにすれば挿入が深くなるし、精子も下に向かって泳ぐから、早く子宮に着くでしょ」

妹の説明に、麗子はなるほどという顔を見せたが、真偽は定かではない。

（さっき、妊娠しやすい体位はないって言わなかったか？）

矛盾している。何か企んでいるのではないか。

「それじゃ、あたしが手伝ってあげるね」

麗子の脚を肩に担ぎ、女体を折り畳んで交わる体勢になると、ペニスを横から握られる。真沙美だ。

「はい、ここ」

ご丁寧に、姉の膣口に導いてくれた。

これから夫婦の営みのたびに、あれこれ口出しをされるのだろうか。困った小姑だとあきれつつ、弘志は胸をはずませていた。ふたりっきりでするのもいいが、これはこれで楽しいし、新鮮な歓びがある。

「挿れるよ」

声をかけ、腰を沈める。肉の槍が、妻穴を深々と貫いた。

「はああっ」

麗子が首を反らし、感じ入った声を上げた。表情が色っぽく蕩け、いっそう美しい。

「苦しくないか?」

気遣うと、首を横に振る。

「平気……ね、いっぱいして」

「わかった」

弘志は垂直方向に腰をはずませた。パツパツと音が立つほどに。

「あ、ああっ、深いぃ」

膣奥を突かれ、麗子がよがる。深部は熱く蕩けており、ずっぷりとはまり込んだ亀頭が愉悦にひたった。

(これ、すごくいいぞ)

快さに息を荒らげつつも、弘志は昇りつめないよう注意を払った。上昇すると意識を他に逸らし、リズミカルな抽送を心がける。

「わ、すごい。オチ×チンが、オマ×コに刺さってる」

尻のほうから声がした。真沙美が結合部を覗き込んでいるのだ。

「み、見ないでっ」

さすがに麗子も、挿入されているところをまともに見られるのは抵抗があるようだ。

(ひょっとして、入ってるところが見たかったから、この体位を取らせたのか?)

さすがにあきれたものの、そういうわけではなかったらしい。

「ひぃいいいっ！」

麗子が甲高い嬌声を放ち、裸身をガクガクと揺する。ピストン運動は一定なのにどうしてと訝ると、

「ふふ。お姉ちゃんって、おしりの穴が感じるんだね」

悪戯っぽい声の指摘で、何があったのかわかった。真沙美が姉のアヌスを刺激したのだ。おそらく、唾液か愛液をまといつかせた指で。

「だ、ダメ……そこ、しないでぇ」

「さっきもお義兄さんにクンニされながら、おしりの穴をいじられてたよね。オマ×コといっしょに気持ちよくされたら、イキやすいでしょ」

「イヤイヤ、あ、だ、ダメぇぇぇ」

忌避の声も色めいて、息づかいがせわしなくなる。本当に、ぐんぐん高まっていた。

（こんなのエロすぎる……）

妻の反応と、ときおり陰嚢に触れる義妹の指に、弘志も上昇を余儀なくされた。

それでもどうにか絶頂を回避し、トロトロになった蜜穴を穿ち続ける。

間もなく、努力と忍耐の甲斐あって、麗子が頂上へ向かった。

「あ、イク、イッちゃう」

アクメ予告に、弘志も手綱を弛め、オルガスムスの流れに乗った。

「おれもイクよ」

「うん、うん、いっしょに」

「あああ、麗子、出る」

「あ、ああっ、ダメッ、イクぅうううっ！」

ぎゅんとのけ反った愛しいボディに、熱い熱情を注ぎ込む。奥まで届けとばかりに、腰を振り立てながら。

「あ──あふ、ンふぅ」

満足げに息を吐いて、麗子がからだの緊張を解く。弘志も脱力感にまみれ、抜去しようとしたとき、

「おおお」

甘美な衝撃に声が出る。真沙美が陰嚢を揉んだのだ。

「ちゃんと最後の一滴まで出してよ」

強めにモミモミされ、それはポンプじゃないとツッコミを入れたくなる。だが、

本当に残っていた雫が溢れる感覚があり、弘志は何も言えなくなった。

夫が離れたあとも、麗子は両膝を抱えたまま、天井を見あげていた。そのほうが受精しやすいと、妹に言われたのだ。嘘か本当か定かではないのに。

その隣で、同じく仰向けになった弘志は、ぐったりして手足をのばした。

日曜の午後に、密度の濃い射精を二度も遂げ、休日出勤もかくやというほどに疲れている。明日からまた一週間が始まるのに、ちゃんとやっていけるだろうか。

なのに、真沙美は終わりにするつもりなどないらしい。今夜はアルバイトがないと言ったから、夜中まで続けるつもりなのか。

今も、ふたり分の体液で濡れた秘茎をしゃぶり、熱心に吸いたてていた。

「うう」

過敏になった亀頭を刺激され、鈍い痛みを感じる。快さもあったが、もう勃たなくていいと、弘志は分身に命じた。勃起したら、再び酷使されるのは目に見えている。

「もう無理かなあ」

真沙美が不満げに嘆く。手にした牡器官は三割ほどふくらんでいたが、完全勃起にはほど遠い。

「あまり無理をさせないであげて」

麗子の気遣いが嬉しい。そうだそうだと、弘志は胸の内で同意した。

「じゃあ、しょうがないか」

やれやれと身を起こした義妹に安堵する。これで休めると思えば、彼女は逆向きで跨がってきた。

(え?)

目の前にキュートなヒップが迫る。見覚えのある愛らしいアヌスも、ピントが合わないほど接近した。

「むぷ――」

湿ったもので口許を塞がれ、呼吸が止まりかける。

(あれ?)

弘志は気づいた。真沙美の陰部に、ほのかにボディソープの香りがあることに。どうやら顔を洗うときにシャワーを浴び、股間を洗ったらしい。

そのため、セックスの名残は感じられない。代わりに新鮮なかぐわしさがあった。

夫婦の営みに加わって、彼女は終始、冷静に場をリードしているかに見えた。

けれど、淫らな連係プレイに昂り、しっかり濡れていたのである。

その証拠に、恥割れの内側には、温かな蜜がたっぷりとひそんでいた。

「ねえ、舐めて。オマ×コ」

淫らなおねだりに、弘志はすぐさま応じた。いや、言われなくてもそうしたはずである。

ぢゅぢゅッ――。

甘い蜜をすすり、小さな花弁をほじり出す。

「あ、あ、それいいッ」

素直な嬌声にも煽られ、ねちっこい舌づかいで攻める。もちろん、秘肛を愛でることも忘れず。

そのときは、隣に妻がいることなど、すっかり忘れていたのである。

真沙美も陽根を口に含み、唾液を溜めた中で泳がせる。舌が敏感なくびれを執拗に攻撃し、海綿体に血液を呼び込んだ。

「ぷは――」

真沙美が顔を上げたときには、ペニスは力を取り戻していた。

「またタッちゃった」

　自分がそうさせたのに、口調は丸っきり他人事だ。

（……セックスするつもりなのかな？）

　口許を濡らす愛液を舌で舐め取りながら、弘志は不安を覚えた。真沙美はそのつもりでも、麗子が許すとは限らない。そのせいで姉妹の関係がギスギスしたらと心配になったのだ。

「お姉ちゃん、お義兄さんのオチ×チン、借りてもいい？」

　姉を振り返り、真沙美が許可を求める。勝手に交わらないのはいい心掛けだが、持ち主本人ではなく、配偶者に交渉するとは。

　弘志は妻の様子をそっと窺った。気分を害するのではないかと思えば、

「いいわよ」

　しょうがないという顔つきながら、あっさりと許可した。

「可愛い妹の頼みだもの」

「わーい、ありがと」

「だけど、わたしのお願いもちゃんと聞いてね」

「うん。なに？」

「わたしが妊娠して、弘志さんとできなくなったら——」

麗子が横目で見つめてくる。おそらく、その言葉を夫にも聞かせるために。

「真沙美がわたしの代わりをしてあげてね」

「もっちろん」

能天気な返答をした妹を、優しく見つめる姉。弘志は安堵しつつも、自らに発破をかけた。

(ちゃんとふたりの面倒を見なくちゃいけないんだぞ)

子供ができれば、さらに家族が増える。男親の責任は重大だ。

「じゃあ、あたしは騎乗位でするね」

真沙美がからだの向きを変え、腰に跨がってくる。麗子がそろそろと身を起こした。

「見せてね。わたし、その体位でしたことないから」

「うん、いいよ」

そそり立つモノを逆手で握り、腰を落とす二十一歳の女子大生。言動は年のわりに幼いが、もう立派な大人だ。

屹立の先端が濡れ割れに密着する。ヌルヌルとこすりつけてしっかり潤滑してから、真沙美がすっと上半身を下げた。

にゅるん——。

温かく濡れた中に入るなり、ペニスが快い締めつけを浴びた。

「あん、おっきい」

彼女は身をブルッと震わせると、麗子に報告した。

「オチ×チン、入っちゃった」

「うん……気持ちいい？」

「すごく。それじゃ、動くね」

姉の目の前で、淫らな腰づかいを披露する妹。男のモノを心地よく摩擦するテクニックに、弘志はうっとりしてからだを波打たせた。

（待てよ。真沙美ちゃんも、おれの子供をほしがってるわけじゃないよな）

ふと疑問を覚えたとき、麗子が身を屈め、耳打ちしてきた。

「真沙美が終わったら、次はわたしよ」

快楽の時間は、まだまだ終わりそうにない。

＊本作品は書下しです。文中に登場する団体、個人、行為などは
すべてフィクションであり、実在のものとは一切関係ありません。

◉新人作品**大募集**◉

マドンナメイト編集部では、意欲あふれる新人作品を常時募集しております。採用された作品は、本人通知のうえ当文庫より出版されることになります。

【応募要項】未発表作品に限る。四〇〇字詰原稿用紙換算で三〇〇枚以上四〇〇枚以内。必ず梗概をお書き添えのうえ、名前・住所・電話番号を明記してお送り下さい。なお、採否にかかわらず原稿は返却いたしません。また、電話でのお問い合せはご遠慮下さい。

【送付先】〒一〇一‐八四〇五　東京都千代田区神田三崎町二‐一八‐一一マドンナ社編集部　新人作品募集係

妻の妹（つまのいもうと）　下着の罠（したぎのわな）

二〇二二年十一月十日　初版発行

発行◉マドンナ社
発売◉二見書房
東京都千代田区神田三崎町二‐一八‐一一
電話　〇三‐三五一五‐二三一一（代表）
郵便振替　〇〇一七〇‐四‐二六三九

著者◉橘　真児【たちばな・しんじ】

印刷◉株式会社堀内印刷所　製本◉株式会社村上製本所　落丁・乱丁本はお取替えいたします。定価は、カバーに表示してあります。

ISBN978-4-576-22173-1◉Printed in Japan◉